KB269454

송현우 판타지 장편 소설

카디날 랩소디

Rohapsody Of Cardinal

FANTASY FRONTIER SPIRIT

카디날 랩소디 3
송현우 판타지 장편 소설

초판 1쇄 찍은 날 § 2008년 12월 30일
초판 1쇄 펴낸 날 § 2009년 1월 9일

지은이 § 송현우
펴낸이 § 서경석

편집장 § 문혜영
편집책임 § 정서진
편집 § 유경화 · 최하나

펴낸곳 § 도서출판 청어람
등록번호 § 제1081-1-89호
등록일자 § 1999. 5. 31
어람번호 § 제1-1019호

주소 § 경기도 부천시 원미구 심곡2동 163-2 서경B/D 3F (우) 420-822
전화 § 032-656-4452 팩스 § 032-656-4453
http://www.chungeoram.com
E-mail § eoram99@chollian.net

ⓒ 송현우, 2008

ISBN 978-89-251-1634-1 04810
ISBN 978-89-251-1219-0 (세트)

송현우 판타지 장편 소설

3

Rhapsody Of Cardinal

FANTASY FRONTIER SPIRIT

카디날 랩소디

[서천(西天)]

도서출판 청어람

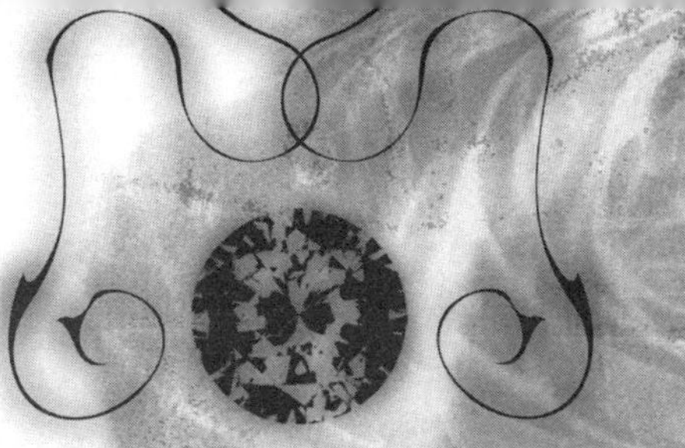

Chapter

과장된 이야기가 아니냐고?

훗!

내가 네놈 따위에게 이야기를 풀어내며 과장까지 할 필요가 있겠냐?

가슴에 구멍이 뻥 뚫렸다는 말 때문에 그딴 소릴 한 거지?

사실 그 부분에서는 나야말로 정확하게 말을 해준 거야.

딴 놈들이 그 양반에 대한 이야기를 입에 담을 때면 오른쪽 반신(半身)이 날아갔다거나, 목이 잘렸다거나 하기도 한다니까!

단언컨대 죄다 뻥이고 구라야. 그딴 소리는 당시 그 양반의 상태에 대해 눈곱만큼도 모르기 때문에 할 수 있는 거지.

만약 알포네에서 그 양반의 목이 잘리거나 정말로 몸 반쪽이 통째로 날아갔다면 내가 너 같은 곰탱이한테 이렇게 풀 이야기도 없었을걸?

　왜 내 얘기만 정확한 거고 딴 인간들 말은 엉터리냐고?

　몇 번에 걸쳐 말하지만 잘 들어!

　들으면 다 알게 된다니까.

　이리저리 주워들은 걸 모아 억지로 짜 맞춘 게 아니라 있는 그대로의 사실인 게 바로 내 얘기 아니냐?

　그러니 귀 기울여 잘 들으면 모든 의문이 해소된다니까!

Chapter 1

Rhapsody Of Cardinal

Rhapsody Of Cardinal

1

빛.

눈꺼풀 사이로 스며드는 밝음.

그것은 어둠에 상대적인 개념으로가 아니라 인지 가능한 현상으로써의 빛이었다.

가슴이 두근거린다.

빛을 인식하는 것만으로도 이렇게까지 큰 감흥이 일 수 있을까 싶지만, 분명 기쁨에 겨워하는 자신이었다. 눈을 감는 순간, 의식의 단절을 각오했었기 때문이다. 세키나 교의 가르침을 신뢰하지 않으니 죽음에 내포된 소멸의 가능성을 배제하지 않았던 것이다.

한데 의식의 흐름이 이어지고 있다.

비록 곧 살아오는 동안의 모든 것을 심판받고 지옥에 떨어진다 해도, 지금 이 순간만큼은 기쁨으로 마음이 충만했다. 생과 사를 떠나 완전한 소멸의 범주에서는 벗어난 게 분명했기 때문이다.

눈을 뜨고 난 뒤에도 흐릿했던 시야가 돌아오는 데는 시간이 걸렸다.

'죽어서도 이런 현상을 겪는구나……!'

그가 마지막으로 본 장면이 자신의 오른쪽 가슴에 뻥 뚫린 구멍이었으니만큼, 정신을 차린 이곳이 사후(死後)에 이르는 미지의 장소라 믿어 의심치 않았다.

회복된 시야 속에서 처음 확인한 것은 울퉁불퉁, 무작위로 돌출된 암석이었다. 칙칙한 색을 띤 돌들은 면을 이뤄 상하좌우를 메우고 있었다.

살아 있을 때를 기준으로 한다면 동굴이라고 표현했을, 그런 장소였다. 높기는 하되 넓지는 않았다. 네다섯 명이 누우면 꽉 찰 만한 공간이었다.

그는 몸을 일으키려 했다.

흠칫.

자기도 모르게 인상이 찌푸려진다.

우측 가슴에서 느껴지는 섬뜩한 통증.

이럴 수가!

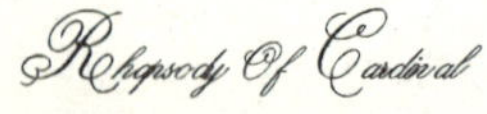

통증은 죽은 후에도 남아 있는 건가?

이마에 식은땀이 솟구치는 통증 속에서 실소가 터져 나왔다. 지금껏 자신이 가져온 편견 때문이다.

죽음이 현실과의 단절이라는 데 큰 의미를 둬왔다. 생전의 상처가 사후의 영혼에게도 지속되고, 또 통증을 유발하리라는 생각을 미처 해보지 못한 것이다.

피식.

무지한 착각에 대한 자조.

그 안에서 오른쪽 가슴을 내려다보았다.

그리고는 고개를 갸웃거렸다.

상처 때문이다.

말 그대로 '상처'가 의혹을 불러일으켰다.

뻥 뚫려 속 안이 훤히 보였던 '구멍'이 아니었다.

검붉게 엉겨 붙은 피는 상처가 되어 구멍으로 남아 있어야 할 자리를 메우고 있었다.

여전히 끔찍한 모습.

하지만 죽기 전에 봤을 때에 비하면 꽤나 양호했다. 이 정도라면 며칠의 요양 끝에 자리에서 벌떡 일어날 정도의 상처로 보였다.

역시 생전과 생후의 경계는 있나 보다.

영혼의 모양새를 위해서 이렇게 되는 걸까?

하긴 많은 상처를 입고 죽은 이가 영혼일 때도 그 상처를 고스란히 갖고 있다면, 사후 세계란 꽤나 끔찍한 공간이랄 수밖에 없을 것이다. 팔다리가 잘리고, 목이 잘린 채 돌아다니는 영혼으로 가득할 테니까.

그러고 보니 상의가 벗겨져 있다.

묘했다.

왜 상의만……?

육신에서 벗어난 영혼이 생전의 의복을 갖춰 입는다는 건 산 자의 상상에 불과하다.

이제는 인정할 수 있었다.

하지만 상의만 벗겨지고 하의를 갖춰 입은 채 영혼과 육신이 분리된다는 건 확실히 낯선 일이었다.

적어도 그에게는 묘한 기분이 들게 했다.

짧은 감상 끝에 다시 몸을 일으켜 봤다. 등골이 쭈뼛해지는 가슴의 통증을 경험했으니, 이번에는 훨씬 조심스럽게 시도했다.

가급적 왼팔에만 힘을 주어 상반신을 세우고, 긴장을 풀지 않은 채 완전히 몸을 세웠다.

그렇게 조심했음에도 가슴이 욱신거렸다.

저도 모르게 왼손을 들어 상처에 손을 가져다 댔다. 딱딱하게 엉겨 굳어버린 상처가 느껴진다. 살아 있을 때와 별반 다르지 않았다.

영혼도 생전과 다름없는 과정을 거쳐 상처가 치유되다

니…….

과연 인간이 죽음에 대해 아는 게 무엇이란 말인가?

불현듯 떠오른 사색의 계기였지만, 깊이있는 사고의 기회는 주어지지 않았다.

"호오?"

귓가에 들려온 난데없는 목소리에 깜짝 놀랐기 때문이다. 화들짝 놀란 그는 재빨리 몸을 돌렸다.

"큭!"

입술 사이를 비집고 튀어나온 신음.

놀란 심정에 무리하게 몸을 움직였으니 자연스럽게 가슴에서 통증이 느껴진 것이다.

눈물이 찔끔 나올 정도의 고통 속에서도 두 눈만은 정면에 고정시켰다. 사후 세계에서 처음 만나게 된 존재를 확인하기 위해서였다.

그는 눈앞의 존재, 소리를 낸 자를 보자마자 한 단어를 떠올렸다.

'사신(死神)?'

세키나 교에서는 죽은 자를 사후의 세계로 인도하는 역할을 담당하는 존재가 있다고 주장한다. 수명이 다한 자를 찾아가 심판을 위한 장소, 아발돈으로 영혼을 데려가는 역할을 하는 게 바로 사신이다.

그런 사신을 자주 볼 수 있는 곳이 있다.

바로 신전의 벽이나 창문을 장식하는 성화(聖畵)에서다. 아무래도 천사 다음으로 많이 인간과 직접적인 접촉을 하는 존재이다 보니 성화의 소재로 자주 사용되었던 것이다.

성화 속에서 사신은 일관된 이미지를 유지했다.

그리고 눈앞의 존재는 성화 속 이미지와 거의 일치했다.

잿빛 피부, 날카로운 눈매, 강팍한 인상, 창백한 안색, 뾰족한 귀, 그리고 검은색으로 휘감은 듯한 복장까지.

만약 인간의 영혼을 찾아오는 사신의 얼굴이 모두 다르다면, 눈앞의 사신이야말로 수많은 성화들의 모델이 될 것이다.

차이가 있다면 그림에 비해 진짜 사신 쪽이 훨씬 늙어 보일 뿐이었다.

"벌써 몸을 움직일 정도까지 회복이 되다니! 정말이지 캠퍼롤이라 해도 이 정도까지는 아닐 거야."

사신으로 짐작되는 노인은 감탄했다. 마치 무대 위의 배우처럼 과장된 표정과 몸짓을 하지 않았다면, 뾰족한 못으로 철판을 긁는 듯한 목소리 때문에 미처 감탄이라 생각지 못했을 것이다.

말을 마친 사신은 곧바로 정색을 했다.

고개를 살짝 숙인 사신은 쭉 째진 두 눈을 희번덕 치켜떠 그를 뜯어보듯 살폈다. 스산한 빛이 두 눈에 머물자 사신다움이 완연히 느껴졌다.

하지만 별다른 두려움은 없었다. 이미 죽음을 받아들이고 인지한 탓이었다.

"대체 얼마나 치유된 거지?"

듣기 거북한 목소리가 귀를 찌를 때, 사신은 손가락을 벌린 채로 주름진 손을 들어 올렸다.

그리고 영혼인 상태의 자신을 인도하는 사신을 별다른 거부감 없이 바라보던 샤를로엔 크랴슈, 샤렌은 기이한 현상을 목격하게 되었다.

사신의 미간 바로 위쪽.

이마의 한가운데에서 빛이 나기 시작한 것이다.

'눈[目]?'

노인의 이마에 맺힌 빛은 명확히 하나의 형체를 이뤘다. 샤렌이 보기에는 그 형체가 분명 눈처럼 보였던 것이다.

뿐만 아니었다. 노인의 손가락에서 가느다란 실 같은 빛이 뻗어 나오고 있었다.

누에가 실을 토해내듯 노인의 손가락에서 뿜어져 나온 금색의 실은 샤렌의 전신을 옭아맸다.

동시에 노인은 손톱을 길게 기른 손가락을 까딱였다.

그러자 샤렌의 몸이 둥실 떠올랐다.

노인의 손가락 움직임에 이끌리듯 샤렌의 몸이 이동했다. 마치 허공을 부유하듯 노인을 향해 움직였던 것이다.

금색 빛은 마치 실체가 있는 것처럼 물리적인 힘을 발휘해 샤렌의 몸을 들어 올린 것이다.

아니, 영혼을 들어 올린 것이니 물리적인 힘이라고는 할 수 없을지도 몰랐다.

노인은 샤렌이 근처에 이르자 손짓을 멈췄다.

샤렌의 움직임도 멈췄다.

'이게 사신의 능력인 건가?'

이마에 제3의 눈이 생성됨과 동시에 신기한 현상을 겪게 되자, 샤렌은 사후 존재들의 특별함을 체감했다.

"호옷! 이럴 수가! 이건 단지 치유라고 부르기엔 부족함이 있겠군그래."

자신의 눈높이에 있는 샤렌의 가슴 상처를 보며 사신은 또다시 감탄을 했다.

"역시 캠퍼롤의 재생에 더 가까운 회복이야. 정말이지 믿을 수가 없군!"

믿기 힘들다는 말의 내용과 달리, 사신의 주름진 입매는 호선을 그려냈다. 무엇인가에 만족하고, 또 무엇인가에 잔뜩 기대하는 듯한 표정이었다.

사신은 고개를 들어 올렸다.

그리고는 샤렌의 붉은 눈을 바라보며 물었다.

"산하의 유리족들 중 너와 같은 치유력을 가진 개체는 얼마나 되지?"

"……!"

질문을 받은 샤렌의 붉은 눈, 화안(火眼)이 흔들렸다. 사신의 말 중에 귀에 박히는 단어가 있었기 때문이다.

유리족!

그 단어는 분명 모리엔트의 이종족들이 인간을 지칭할 때 쓰는 말이었다.

순간적인 혼란이 샤렌의 머릿속을 뒤흔들었다.

두 가지의 가능성이 떠오른다.

사신을 비롯한 사후의 존재들이 사용하는 언어가 모리엔트의 이종족과 같을 경우, 그리고 사신이라 생각한 눈앞의 노인이 자신이 알지 못하는 모리엔트의 또 다른 이종족인 경우다.

혼란은 길게 가지 않았다.

피식.

샤렌은 실소를 터뜨렸다.

눈앞의 노인이 사신이 아니라면?

결국 자신이 아직까지 살아 있다는 뜻이다.

하지만 가슴에 구멍이 뻥 뚫리고도 목숨을 유지할 수 있는 자는 존재하지 않는다.

그러니 자신이 살아 있을 가능성을 염두에 둔다는 것은 결국 아직도 삶에 대한 미련을 버리지 못했다는 뜻이다.

방금 전까지만 해도 짐짓 태연한 척 죽음을 인정하는 척해 놓고선……

샤렌은 그런 자신이 허세를 떨었던 것뿐임을 자각하고는 자조적인 실소를 터뜨리고 만 것이다.

"호호호……."

샤렌의 실소를 본 사신은 자신도 웃음을 흘렸다. 표정을 보아하니 샤렌의 웃음을 다른 의미로 해석한 듯했다.

"역시 쉽게 대답할 수는 없다는 거겠지."

의미심장한 표정으로 알 수 없는 말을 중얼거린 사신.

그는 들어 올렸던 손을 내렸다.

그러자 샤렌의 몸도 아래로 향하더니 땅에 내려졌다.

"하긴 유리족 주제에 마령을 빼앗을 정도의 실력이 있다면 그 정도의 강단은 있겠지."

이마에 선명히 그려졌던 빛의 눈이 사라질 때 사신이 중얼거렸다.

"뭐… 시간은 충분하니까 말이야. 시간만 주어진다면 이 자비에님께서 알아내지 못할 것은 없지."

사신이 자부심 넘치는 표정으로 스스로에 대해 이야기할 때, 샤렌은 다른 생각을 했다.

'자비에?

신에게 이름이 있고 천사에게도 이름이 있듯, 사신에게도 이름이 있다. 죽음의 종류와 원인 등에 따라 각각 다른 이름의 사신이 영혼을 인도하는 것이다. 세키나 교의 경전에는 그런 사신의 이름을 열거해 놓았다.

하지만 샤렌은 의무적으로 읽었던 경전에서 자비에라는 이름을 본 적이 없었다.

'역시 세키나 교는 꽤나 허술한 건가?'

하긴 세상에 죽는 사람이 많은 만큼, 사인(死因)에 따른 몇 몇 사신만으로는 감당이 안 될 터였다. 경전에 그들의 이름을 전부 적는 것은 불가능한 일일지도 모른다.

"회랑족 따위를 죽이고 마령을 얻었다고 우쭐해지면 곤란해. 마령은 애초부터 그 녀석의 분수에 맞지 않던 물건이었으니까."

샤렌으로서는 자비에가 대체 무슨 말을 하는 건지 알아들을 수가 없었다.

자신이 무엇을 우쭐해하고 있으며, 또 그런들 곤란해질 것은 뭐란 말인가?

게다가 사신이라는 자가 현세의 물건에 관심을 두다니!

그러고 보니 마령이 대단한 보구이긴 한가 보다.

샤렌의 표정에 그와 같은 여러 생각들이 드러났다. 갑작스런 죽음과 이어진 혼란스러운 상황인지라, 평소와 달리 표정을 관리하지 않고 있었던 것이다.

그런 샤렌의 표정을 읽은 자비에가 주름진 입술을 비틀었다. 자신을 눈앞에 두고 머리를 굴리는 샤렌이 못마땅한 듯했다.

"훗! 믿고 있는 건 무력이 아니라 마치 카르란을 데리고 다니는 듯한 회복력이었던 건가?”

자비에는 또다시 알 수 없는 소리를 했다.

카르란이 무엇인지는 샤렌도 안다.

치유와 회복의 신.

유일신을 섬기는 세키나 교에서는 부정되지만, 대륙 남쪽의 종교인 카르마탄 교에서는 당당히 신도들을 거느리고 섬김을 받는 신 중의 하나였다.

하지만 그 카르란과 자신이 무슨 상관이 있단 말인가?

생전에 카르란을 숭배한 적도 없는 자신이거늘…….

사신의 말을 듣고 떠오르는 것은 의문뿐.

좀처럼 알아듣기가 힘들었다.

따라서 샤렌은 여전히 의혹에 찬 표정인 채였다.

“뭐… 네가 무엇에 기대를 갖건 상관은 없겠지. 어차피 네가 믿고 있는 것이야말로 내 연구에 커다란 진척을 가져다줄 테니까 말이야.”

‘연구?’

“그래도 경고는 해두는 게 좋겠지. 성휘족 녀석들이 만들어낸 영참의 도 따위에 가슴에 구멍이 뚫릴 정도의 실력이라면 미련을 버리는 게 좋아. 괜히 내 성질을 건드리지 말라는 이야기야. 잘난 그 회복력을 시험하는 셈치고 네놈의 몸을 다져 놓을 수도 있으니까 말이지.”

자비에는 흉흉한 표정과 함께 말을 마치고는 몸을 돌렸다.

Rhapsody Of Cardival

"일단은 좀 더 회복할 시간을 주지. 지금까지의 경과를 보
자면 내일쯤이면 상혼마저 남지 않을 수도 있을 테니까."

샤렌을 등 뒤에 둔 채 자비에가 걸음을 옮기기 시작했다.

그리고는 은은한 광택이 흐르는 금속제 문 앞에 섰다.

사신이 우측에 손을 대자 문은 자동으로 열렸고, 그가 밖으
로 나가자 문이 닫혔다.

스스로 움직이는 문이 제법 신기하긴 했지만, 그보다 사신
이 남긴 이해할 수 없는 말들이 가져다준 혼란이 더 컸다. 샤
렌은 사후에 대한 정보가 너무나 부족함을 느꼈다.

'하긴… 조급하면 뭐 하겠어. 어차피 정해진 수순대로 진
행되겠지.'

영혼이 심판을 받기까지에 이르는 과정보다 자신의 죽음
에 대해 정리하는 게 우선이었다.

그때였다.

[당신이… 새로운 마령의 주인인가요?]

어디선가 들려온 목소리가 있었다.

예기치 못한 소리에 샤렌은 주위를 두리번거렸지만 보이
는 것은 암벽뿐.

말을 걸어올 만한 대상은 보이지 않았다.

[하아! 새로운 마령의 주인이 하필이면 이런 곳에…….]

탄식에 가까운 목소리임에도 노래하는 듯한 어조였다.

어쩐지 귀에 익은 말투.

샤렌은 고개를 갸웃거렸다. 어째서 죽어 영혼이 된 지금 저와 같은 말투를 또 듣게 되는 건지 이해할 수가 없는 것이다.

[당신께 보답을 해드리고 싶지만 당장은 상황이 여의치 않네요.]

허공에서의 목소리는 계속되었다.

결국 샤렌도 허공에 대고 말을 했다.

"대체 어디서 말을 하고 있는 겁니까?"

노래하는 듯한 어조의 대답은 곧바로 들려왔다.

[전 당신이 있는 암혈(巖穴)의 바로 옆 암혈에 있어요. 일단은 저도 당신처럼 갇힌 신세인 거죠.]

"당신과 내가… 갇혀 있는 거라고요?"

[네.]

망설임없는 대답.

"여기가 대체 어딘데 갇혀 있다는 거죠?"

[여긴 광란(狂亂)의 탐구자라 불리는 자비에님의 연구실이에요. 이 암혈은 자비에님이 실험을 위한 대상들을 가둬두는 곳이죠.]

"……!"

대답을 들은 샤렌은 그대로 굳어버렸다.

애초 자신이 생각했던 것과는 완연히 다른 현실을 파악하게 된 것이다.

'착각? 그 모든 게?'

하지만 여전히 충격보다 의문이 먼저다. 자신이 살아 있을 가능성은 전무했기 때문이었다.

우선은 자신이 파악한 사실부터 확인해야 했다.

"당신은 은익의 성휘족인가요?"

마치 노래를 부르듯 운율을 타는 어조.

그것이 귀에 익은 이유는 베르테르라는 은익의 성휘족을 처음 만났을 때 인상 깊게 들었기 때문이다.

[아! 그러고 보니 은인께 제 소개도 하지 않았군요. 당신의 말씀대로 전 별빛의 인도를 받는 일족이에요.]

성휘란 곧 별의 빛남을 말한다.

결국 바로 옆 동굴에 있다는 여인은 은익의 성휘족이라는 뜻이었다.

샤렌의 화안이 이글거리기 시작했다. 은익의 성휘족을 향한 적개심 때문이 아니었다.

지금 그에게 가장 중요한 문제는 훼바(세키나 교에서 말하는 죽음의 강)의 나루터에 이르지 않았다는 것이다.

살아 있다!

그 사실 하나의 인지가 가져오는 감흥은 필설로는 도저히 설명할 수 없는 것.

두근거리는 심장.

이것이 육신에서 느껴지는 감각이라는 게 이토록 기쁘다는 것은 새삼스런 감정이기도 했다.

어느 순간부터 스스로를 포기했다고 생각한 샤렌이었다.

어머니의 유언을 좇았다고는 해도 삶에 집착을 가져본 적이 없다고 생각했다.

하지만 그것은 자신에 대한 기만이거나 착각이었나 보다. 살아 있다는 것을 깨닫는 이 순간, 이토록 격앙되니 말이다.

[제 이름은 아스카 쉬프 메리아코 치바예요. 은인께서는 아스카라고 부르시면 됩니다.]

샤렌이 살아 있음을 확인하는 순간에도 스스로를 아스카라고 소개한 성휘족의 말은 계속되고 있었다.

"당신은 왜 자꾸 내게 은인이라고 하는 거요?"

목소리의 주인이 성휘족인 것을 확인한 샤렌의 말투는 곱지 않았다. 살아 있음을 자각했다 해도, 그것이 기쁨에 가까운 감정이라 해도, 자신에게 죽음의 문턱에 이르는 계기를 준 성휘족임을 잊을 수는 없었다. 말투가 거칠어지는 것은 당연한 일이었다.

[은인께서 복수를 해주셨으니까요.]

"복수……?"

[마령의 원주인은 별빛의 인도를 받는 일족 중에서 가장 찬란한 빛을 내던 이였답니다.]

그렇게 아스카의 설명이 시작되었다.

2

마령의 원주인.

그는 은익의 성휘족이 배출한 최강의 전사 중 한 명이었다.

서두십성(西斗十星).

은익의 성휘족은 대대로 종족 최강의 전사들을 서천에서 빛나는 별이라 불렀다.

레타니아 보사 마크나슈 시온.

그가 있기 전까지 성휘족의 역사에는 아홉 개의 별이 있었다. 레타니아가 제천의 후예에 필적하는 무위를 드러내는 순간, 그는 또 하나의 별로 역사에 기록되었다.

모두의 축복 속에서…….

이른바 서두십성(西斗十星) 중 하나로 추앙받게 된 것이다.

하지만 영웅의 탄생을 하늘도 시샘한 걸까?

서두십성에 이름을 올린 레타니아의 시련은 그때부터가 시작이었다.

주인을 두지 않는 하늘이었던 서천에 스스로가 패주임을 자처하는 이가 나타났다.

막강한 무력을 앞세운 그 제천의 후예는 서천제패의 패업에 박차를 가했다.

그 영향은 당연히 성휘족에게까지 미쳤다.

언제나 하나였던 성휘족이 흔들렸다.

왕에게의 굴복.

그리고 저항.

두 가지 의견은 첨예한 대립각을 세웠다.

반목은 계속되고 합의는 요원하기만 했다.

그사이에도 왕의 압박은 계속되었고, 언제까지나 난상토론을 지속할 여유는 주어지지 않았다.

결국 성휘족은 둘로 나뉘었다.

마령의 진정한 주인이 된 레타니아는 왕에게 허리를 굽히지 않기로 했다. 그는 별빛의 인도를 따라 조화를 깨려는 왕에게 맞서기로 결정한 것이다.

결국 레타니아와 같은 생각을 가진 소수의 성휘족은 종족을 떠나야만 했다. 소수인 건 그들이었던 것이다.

동족이 등에 겨눈 칼에 피눈물을 흘리며 그들은 떠났다.

성휘족을 떠난 레타니아와 그를 따르는 자들은 삭월을 찾았다.

패도일로(覇道一路)를 걷는 왕에게 저항하는 무리.

그들이 바로 삭월이었다. 삭월은 제천의 후예 중, 당대 제일의 현자(賢者)로 칭송받는 시우카가 이끌고 있었다.

시우카는 삭월의 동료들과 함께 레타니아와 그를 따르는 성휘족을 반겼다.

현자와 마령의 주인이 힘을 합쳐 왕의 군대에 맞서기 시작했다.

현자의 지혜와 마령의 주인이 가진 힘은 서천의 누구도 가볍게 볼 수 없었다.

하지만 왕의 군대와는 힘의 격차가 너무 컸다. 기본적으로 숫자에서 너무나 열세였던 것이다.

삭월이 서천의 한구석인 알포네까지 밀리는 데는 오랜 시간이 걸리지 않았다.

모리엔트에서 보자면 변방에 불과한 알포네였다. 이 지역에서만큼은 아직까지 왕의 영향력이 적었다.

시우카와 레타니아에게는 기회였다. 왕이 서천 통치의 체계를 세우는 동안, 시우카와 레타니아는 삭월의 전열을 재정비하고자 했다.

왕의 군대가 이곳 알포네에 이르렀을 때에는 지난번처럼 일방적으로 밀리지 않기 위해서였다.

그렇게 현자 시우카의 지휘하에 삭월의 구성원들이 알포네에서 동조자를 구하고 전열을 가다듬는 동안, 새로운 소식이 전해졌다.

서천의 왕이 가진 야망은 서천제패에 그치지 않았던 것.

시우카와 레타니아로서는 상상조차 못했던 일이 벌어졌다.

왕이 진정 바라는 건 서천제패가 아니었다.

그의 야망은 너무도 컸다.

대륙 전체의 지배.

하늘 아래 유일한 패주(覇主).

그것이 왕이 원하는 바였다.

왕의 진의는 누구도 근접할 수 없었던 결계의 핵(核)을 파괴하는 데서부터 드러났다.

소식을 전해 들은 시우카와 레타니아는 패악한 왕의 행동에 경악을 금치 못했다.

서천의 역사가 기록되어지기 전.

입과 입을 통해 전해져 온 이야기가 있다.

신의 사명을 받은 고룡(古龍) 아르고스는 현세의 균형을 위해 동천과 서천을 구분 지었다. 서천의 일원이 모리엔트를 주맥으로 하는 산맥을 벗어날 수 없도록 결계를 친 것이다.

고룡의 결계는 마흔네 개의 핵으로 구성되어 있었다.

위대한 조율자인 고룡 아르고스는 마흔네 개의 핵이 모두 파괴되기 전까지 결계가 유지될 수 있도록 했으며, 개개의 핵은 고룡에게 부여된 신비한 힘으로 보호되었다.

왕의 패업이 시작되기 전까지만 해도 위치가 드러난 핵이라 할지라도 접근조차 불가능하다고 여겨졌다. 조율자의 능력은 서천 아래 사는 각 개체들의 능력에서 한참이나 벗어나 있었던 것이다.

한데 서천 최초의 왕이 된 자는 달랐다.

모리엔트 전역을 샅샅이 뒤져 핵을 찾았고, 허락되지 않은 힘을 사용해 파괴하기까지 했다.

시우카와 레타니아는 왕의 저의를 파악하자마자 곧바로

아르고스의 유물을 보호하고자 했다. 세상의 균형이 무너지는 것을 막아야 했던 것이다.

채 정비를 할 사이도 없이 삭월은 다시 모리엔트로 향했다. 결계 핵의 주변에서 서천의 군대와 맞서 싸우기 위해서였다.

압도적 열세임에도 이번에는 삭월이 유리한 입장이 되었다. 삭월은 아르고스가 안배해 둔 신비한 힘을 거드는 방법을 택했기 때문이었다.

계속해서 큰 피해를 입는 쪽은 서천의 군대였다. 왕이 원하는 동천의 업에 차질이 생긴 것이다.

왕의 진노는 서쪽 하늘 끝에 다다랐다. 패업을 시작한 이후, 처음으로 더딘 진척을 보게 된 왕은 삭월을 역천의 무리라 규정했다.

이후 용서없는, 그리고 전력을 다한 토벌의 명을 내렸다.

전투 양상에 변화가 생겼다.

전선에 서천사패(西天四覇)가 모습을 드러낸 것이다.

본래 한데 뭉쳐 마을을 이뤄 사는 은익의 성휘족과 달리 제천의 후예들은 좀처럼 누군가와 함께하는 법이 없다. 홀로 크레논을 수행해 절대의 경지에 오르기 위해서였다.

이와 같은 경향은 높은 경지에 오른 자일수록 심했다.

강자수신독행(强者修身獨行).

이는 제천의 후예들이 추구하는 삶을 고스란히 반영했다.

왕은 패업을 시작할 당시 그와 같은 삶을 추구하는 제천의 후예들을 자신의 영도하에 두었다.

사실 이것만으로도 엄청난 사건이었다. 개개인이 모래알과도 같은 제천의 후예들을 하나로 모은 것이다.

그중에서도 왕이 스스로 만족을 표한 업적이 있었다.

바로 훗날 서천사패라 통칭되는 제천의 후예들을 영입한 사건이 바로 그것이었다.

서천에서 가장 강하다고 알려진 제천의 후예들.

일족의 인정을 받은 그들 열 명을 서천의 백성들은 이렇게 칭했다.

제천십존(制天十尊).

그들이 가진 무위야말로 서천의 진정한 힘이라 할 정도였다. 서천 전체의 힘 중 절반이 제천십존의 것이라는 말도 있었다.

그처럼 대단한 제천십존 중 넷이 왕에게 충성을 맹세했다.

이는 왕이 자부하기에 충분한 업적일 수밖에 없었다.

그 서천사패가 최전선에 나섰다.

당연히 전황은 급격히 바뀌었다.

현자 시우카 역시 제천십존 중 한 명이었으나, 하나의 손이 네 개의 손을 감당할 수는 없는 법.

더구나 시우카라 할지라도 세월의 흐름을 거스를 수는 없었다.

제천십존 중 가장 나이가 많은 시우카였기에 무력에 있어서 손색이 있었던 것이다.

마령의 힘을 빌린 레타니아가 필사적으로 현자를 도왔으나 역부족이었다.

다시금 결계의 핵은 속절없이 파괴되기 시작했다.

연이은 패배.

그 결과는 삭월에 불행의 씨앗을 싹틔웠다. 서천사패의 힘을 접한 삭월의 구성원들의 머릿속에 공포가 아로새겨진 것이다.

그리고 저주받은 그날.

삭월 중에서 배신자가 나왔다.

생에 대한 미련과 집착은 정해진 결과를 수긍해야 한다는 변명하에 동료를 죽음의 구렁텅이로 밀어 넣었다.

매복의 위치가 드러나고, 은밀한 계획이 노출되었다.

삭월은 결성 이래 최대의 위기를 맞이했다.

존폐(存廢)를 결정짓게 될 치열한 저항 중에 레타니아와 몇몇의 성휘족은 결단을 내렸다. 삭월의 전멸을 면하기 위해 적의 추적을 막아내겠다고 나선 것이다.

시우카는 그들의 뜻을 받아들였다. 삭월은 분루(憤淚)를 흩뿌리며 레타니아와 그의 동료들을 뒤로했다.

그사이에도 레타니아와 동료들의 분투는 계속되었다.

하지만 결과는 이미 정해졌던 것.

성휘족의 열 번째 별과 희생을 자처한 영웅들은 그렇게 스러져 갔다.

당시 지치고 부상당한 레타니아의 가슴에 도를 박아 넣은 자는 회랑족인 오트라마였다.

평소라면 레타니아의 은빛 머리카락 한 올도 건드리지 못할 그가 레타니아의 죽음을 결정지은 것이다.

관례대로 마령의 주인이 바뀌었다.

적의 무구는 승자의 전리품이니만큼 마지막에 생명을 끊은 자에게 귀속된다. 오트라마는 그렇게 마령의 주인이 되었던 것이다.

아스카의 설명이 그렇게 끝나갈 때쯤, 그녀가 더없이 슬픈 노래를 부르듯 말했다.

[레타니아, 그분은 제게 과분했던 약혼자였답니다.]

Chapter 2

1

아스카가 왜 자신을 은인으로 여기는지 샤렌은 이해할 수 있었다. 그가 가슴에 구멍이 뚫려 쓰러질 때, 손에 마령이라는 도를 들고 있었다.

그래서인지 자비에는 샤렌이 오트라마를 죽였다고 여겼고, 아스카는 옆쪽 암혈에서 그 말을 들었다.

따라서 샤렌이 오트라마를 죽여 약혼자에 대한 복수를 대신 해주었다고 여긴 것이다.

[저는 시우카님의 지시로 이곳을 찾아왔어요. 지금의 삭월은 지푸라기라도 잡아야 할 상황이니까요. 자비에님의 힘이라도 구하고자 한 거죠. 자비에님이 발명한 것들 중에서는 적

을 상대하는 데도 유용한 게 많거든요.]

"그런데 왜 갇혀 있는 거죠?"

샤렌의 말투는 많이 부드러워져 있었다. 아스카는 삭월의 멤버다.

이는 곧 자신을 죽음 직전까지 몰고 간 왕의 군대와 적대 관계라는 뜻.

적의 적은 아군이나 다름없으니 사용하는 어조도 바뀐 것이다.

[시우카님과 자비에님은 서로 걷는 길이 너무나 달랐답니다. 살아 있는 모든 것들조차 실험체로 여기는 자비에님을 생명을 아끼시는 시우카님께서 이해하기란 불가능한 일이었죠. 결과적으로 두 분은 앙숙이나 다름없는 사이로 지내왔어요.]

대체 무슨 실험을 하는 건지는 모르겠지만 광란의 탐구자란 소리를 들을 정도면 정상적이지 않은 행동이 계속되었음을 짐작할 수 있었다.

그리고 한 가지 더 느껴지는 게 있었다. 이름 뒤에 '님' 자를 붙이는 건 같지만 아스카가 시우카라는 자와 자비에라는 자에 대해 말할 때는 미묘한 차이를 보이고 있었다. 시우카에게는 극히 공경하는 어조였으나 자비에에게는 평대에서 조금 높이는 정도였던 것이다.

[그래서 자비에님은 늘 자신을 멸시하다가 이제야 아쉬운

소리를 한다며 저를 가둬 버린 거죠. 시우카님을 곤란하게 하고 싶은 거예요. 하지만 크게 걱정할 일은 아니에요. 아무리 광란의 탐구자라 할지라도 저를 실험체로 쓰진 않으실 테니까요.]

"당신이 삭월의 일원이라서요?"

[그런 면도 있겠지만, 자비에님은 더 이상 저희 성휘족에 대해 궁금해하지 않을 테니까요. 걱정되는 것은 바로 당신이에요.]

"……?"

[자비에님의 실험은 오직 결과만을 위한 것일 뿐, 실험 대상에 대한 배려는 없답니다. 당신에게 어떤 실험을 할지 걱정하지 않을 수가 없군요.]

진정이 느껴지는 염려였다.

[하지만 절대 포기하지 마세요. 어떻게 해서든 버티세요. 조만간 시우카님께서 절 찾으러 올 거예요. 그때 은혜를 꼭 갚을게요!]

은혜를 갚는다는 것.

곧 자신을 이곳에서 구해주겠다는 말이리라.

애초 오트라마를 죽인 게 자신이 아니라고 밝히려던 샤렌은 입을 다물기로 했다. 이곳에 남겨져 실험실의 쥐가 되는 것보다 비록 오해를 받아서일지라도 미치광이의 손에서 벗어나는 게 나았기 때문이다.

자비에가 빛으로 이뤄진 제3의 눈을 떴을 때, 샤렌은 손끝 하나 까딱할 수 없었다. 금빛 세사(細絲)가 몸을 옭아맸기 때문이다.

자비에는 샤렌의 몸을 띄워 모종의 장소로 데려갔다. 샤렌으로서는 처음 보는 갖가지 도구들이 즐비한 곳이었다.

도착한 곳은 실험실이었다. 이사벨이 데려갔던 실험실보다 훨씬 음침한 분위기였으나, 한눈에도 같은 목적을 위한 장소임을 짐작할 수 있었다.

이어진 사지결박.

재질을 알 수 없는 금속사슬이 샤렌의 팔다리를 단단히 옭아맸다. 팔다리를 크게 벌린 채 묶인 샤렌은 옴짝달싹할 수 없었다.

"호호호……."

자비에는 지나친 탐구욕을 넘어 광기로 번득이는 눈을 치켜뜨면서 낮은 웃음을 흘렸다. 어딘지 모르게 달뜬 표정이 당장이라도 샤렌의 모든 것을 알아내고픈 것만 같았다.

"캠퍼롤 이상의 재생력이 세상에 존재하고, 그 비밀을 풀 기회가 내게 오다니! 정말이지 난 운이 좋단 말이지."

캠퍼롤은 모리엔트와 알포네에 서식하는 생명체의 한 종

류라고 아스카에게 들었다. 설령 두 조각이 난다 해도 죽지 않을 정도의 모진 생명력을 지녔다고 했다.

"기적을 넘보는 치유력이라! 크흐흐흐! 넌 내 평생 최고의 연구감이 될 게야."

여전히 과장된 동작과 어조로 혼잣말을 하는 자비에였다.

무대 위에서 홀로 독백을 하는 듯한 자비에의 발언 중에서 샤렌이 알아들을 수 있는 바는 극히 적었다.

"자, 그럼 일단 그 신기한 재생력부터 살펴볼까?"

자비에의 이마에 잠깐 동안 빛이 발하더니 책상 위에 있던 철제 도구 하나가 둥실 떠올라 그의 손에 절로 쥐어졌다.

푸르스름한 광채를 발하는 도구의 한쪽은 날카롭게 갈려 있었다.

그것은 샤렌에게도 낯설지 않은 물건이었다. 아카데미 시절 실험 대상을 해부할 때 사용했던 칼과 똑같이 생겼으니 몰라볼 리가 없었다.

"무, 무슨 짓을 하려는 거냐?"

수술용 칼을 들고 접근한 자비에를 향해 샤렌이 소리를 질렀다.

하지만 자비에는 아무것도 들리지 않는다는 듯 기묘한 웃음을 흘리며 다가섰다.

그리고는 샤렌의 우측 팔목을 도구로 그었다.

주루룩.

단박에 붉은 피가 흘렀다.

"이런 미친놈아! 멀쩡한 사람을 두고 이게 무슨 짓이야!"

절로 욕설이 튀어나오는 자비에의 행동에 샤렌은 발작하듯 소리를 질렀다.

하지만 자비에는 여전히 샤렌의 말에 귀를 기울이지 않았다. 번득이는 두 눈을 샤렌의 팔에 고정한 채 숫자를 헤아릴 뿐이었다.

"하나, 둘, 셋, 넷… 열, 열하나, 열둘."

그리고 자비에가 열둘의 숫자를 헤아렸을 때, 그가 감탄사를 쏟아냈다.

"오호오! 벌써 피가 멈추다니!"

자비에의 환호에 샤렌은 저도 모르게 오른쪽으로 고개를 돌렸다.

"……!"

화안이 흔들린다. 자비에의 말대로였다. 붉은 피를 뚝뚝 흘려내던 상처였건만 고작 열을 조금 넘게 세는 동안 피가 굳었다.

'이게 대체……?

상처의 고통도 잊은 채 샤렌은 놀라운 현상에 입을 벌렸다. 스스로도 알지 못했던 자가치유력을 확인했기 때문이다.

"신기하다, 신기해! 그럼 좀 더 큰 상처는 어떨까?"

재미난 장난감을 얻은 아이처럼 기뻐하며 자비에가 말했다.

그 말에 담긴 뜻을 이해한 샤렌의 얼굴이 굳었다.

"이 미친… 으아악!"

채 욕설을 마치기도 전 샤렌의 우측 팔에는 조금 전에 비해 훨씬 크고 깊은 상처가 생겼다.

후투툭.

흐르는 피의 양이 많아 바닥에 떨어지는 소리가 공간에 울려 퍼졌다.

"야이, 개새끼야아아아……!"

"하나, 둘, 셋, 넷……."

절규에 가까운 샤렌의 욕설 속에서 자비에가 수를 헤아리는 소리가 나직이 이어졌다.

3

하루, 또 하루… 지옥 같은 나날들이 이어졌다.

자비에는 샤렌의 자가치유력에 대한 비밀을 밝히겠다며 수많은 상처를 냈다.

출혈량이 많아 생명이 위태롭다 여겨지기 직전까지.

말 그대로 광란이라고밖에 표현할 수 없는 피의 실험은 계속되었다.

그렇게 흘러간 시간이 벌써 칠 일.

샤렌에게 있어서는 칠 년과 같은 시간이었다. 다시 살아난 것에 기뻐할 시기임에도 이럴 바에는 차라리 죽는 게 낫지 않을까 싶기까지 했다.

"역시 왼쪽 반신은 유리약족의 평균 치유력과 다름이 없는 거군."

자비에는 샤렌의 왼쪽 허벅지에서 흐르는 피와 모래시계를 번갈아 보며 중얼거렸다.

작은 상처라면 채 스물을 헤아리기도 전 피가 굳는 오른쪽과 달리 왼쪽의 출혈은 좀처럼 멈추지 않았다.

상흔 역시 마찬가지다. 며칠이 지나면 언제 상처가 났냐는 듯 감쪽같이 흔적조차 사라지는 우측 반신과 달리 왼쪽에는 칼자국들이 역력히 남아 있었다.

"대체 어째서 이런 현상이 벌어지는 거지?"

홀로 중얼거리며 의문을 표하는 자비에.

더 이상 그에게서는 실험 초기에 지속되던 달뜬 표정을 찾아볼 수 없었다. 갖가지 방법으로 실험체의 몸에 상처를 내고 치유의 과정을 살펴보았다.

하지만 칠 일이 지난 지금까지 인과의 실마리조차 찾지 못했다. 인생에서 최대의 업적이 될 거라고 생각했던 새로운 연구 과제는 그의 인생에 있어서 최대의 난제이기도 했던 것이다.

난제를 맞이한 것은 샤렌 역시 마찬가지였다.

거침없이 휘둘러지는 칼질이 벌써 100번을 훌쩍 넘어갔다.

비록 대부분은 흔적도 없이 사라졌지만, 생살이 갈라지고 근육이 찢기는 고통은 머릿속 깊이 각인될 수밖에 없었다.

통증을 이기지 못해 기절하고 깨어난 게 몇 번인지 기억도 나지 않았다.

이대로는 견딜 수 없었다. 제아무리 두려움을 모르는 샤렌이라지만 자비에의 손에 들린 작은 칼만 보면 저도 모르게 온몸이 경직되었다.

이렇게 해도 죽지 않는, 기적에 가까운 자신의 치유력과 생명력이 오히려 저주처럼 느껴지기도 했다.

하지만 샤렌은 어금니를 악물었다. 위기 속에서 삶의 가치를 찾고자 했던 자신을 재차 떠올렸다. 모리엔트의 이종족과 이오나, 테오타신의 격전을 보며 두근거리던 심장의 박동을 선명히 기억해 냈다. 애초 이오나를 쫓아 알포네에 오른 이유를 곱씹는 것이다.

더불어 살아 있음을 자각했을 때의 기쁨도 되새겼다.

자신이 가진 삶의 미련이 얼마나 큰지 이번에야말로 확신하지 않았던가?

모든 것을 포기하기 직전이었던 샤렌의 붉은 눈이 다시 이글거리기 시작했다.

그는 어금니를 악물고 의식의 끈을 부여 쥐며 자비에의 모든 행동을 지켜봤다. 자비에가 알고자 하는 것은 자신의 신체에서 일어나는 현상이지만, 자신 역시 그 원인과 과정에 대해 알지 못하는 상황이었다.

따라서 자비에가 무엇인가를 밝혀낸다면 샤렌 자신도 그 내용을 알아야만 했다.

어둠을 극복하고, 타인이 보지 못하는 것을 보게 된 눈.

평소라면 상상도 못할 속도로 이동해 이오나를 구하고, 죽음에 이르고도 남을 상처를 거짓말처럼 치유해 버린 몸.

이 모든 것을 종합해 볼 때 자신의 몸은 분명 과거와 달라졌다.

그러니 그 원인이 무엇인지, 또한 이런 변화를 어떻게 제어하는지 샤렌 스스로도 알 필요가 있었다.

어쩌면 그것을 알아내는 것만이 이 지옥 같은 고통 속에서 자신을 구해낼 수 있을지도 모르기 때문이다.

그때 자비에가 또 한 번 칼을 움직였다.

"크윽!"

샤렌의 악다문 어금니 사이로 신음이 새어 나왔다.

뼈에 닿을 만큼 깊숙이 들어간 칼.

몸 안을 휘젓는 이물질의 횡포 속에서 샤렌은 두 눈을 더 크게 부릅떴다. 그 붉은 눈에 핏발이 서자 마치 눈 전체가 붉어진 듯했다.

관자놀이에 도드라진 푸른 혈관이 뱀처럼 꿈틀댔다.

하지만 샤렌은 자비에에게서 시선을 떼지 않았다. 그가 무엇인가를 알아채는 순간을 놓치지 않기 위해서였다.

고통이 당겨놓은 팽팽한 신경과 주의력은 샤렌으로 하여

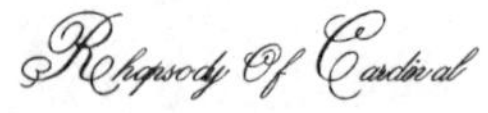

금 자비에의 눈썹 한 올의 움직임까지 보이게 했다.

그리고 샤렌은 자비에의 표정이 며칠 전과 다르다는 것을 확인할 수 있었다.

더 이상 숫자를 세거나, 모래시계를 보며 출혈이 멈추기까지의 시간을 재지 않고 있어서 보이는 변화가 아니었다.

자비에는 보일 듯 말 듯 아랫입술을 씹고 있었다.

이를 본 샤렌은 이 미치광이 늙은이가 초조해하고 있다고 단정 지었다.

그리고 보니 최근 자비에는 팔짱을 끼는 경우가 부쩍 늘었다.

이는 상대에게 속내를 비추고 싶지 않을 때 무의식적으로 취하는 동작.

비록 다른 환경, 다른 문화에서 습득한 몸짓이지만 샤렌은 자신의 가정을 믿기로 했다.

문제는 왜 자비에가 저처럼 초조해하는가였다.

오래 생각할 필요는 없었다. 연극배우가 독백을 하듯 쏟아 낸 자비에의 말속에서 원인은 쉽게 찾을 수 있었다. 자신만만하게 덤벼들었던 연구에 진척이 없기 때문이다.

샤렌은 그렇게 자비에의 현재 상태에 대해 결론을 내렸다.

본능적으로 상대에 대한 파악을 해버린 샤렌의 머리가 빠르게 회전하기 시작했다.

우선은 이 미치광이가 호기심을 끌 만한 무엇인가를 던져야 했다. 그러지 못한다면 고통에 겨워 자신 또한 미쳐 버릴 지도 모른다는 생각이 들었다.

시간은 촉박하고 상황은 절박했다.

샤렌은 폭넓게 자신이 알고 있는 바를 되짚었고 곧 하나의 단어를 떠올렸다. 테오타신과 이오나가 자신의 안력에 대해 의혹을 제기할 때부터 머릿속에 맴돌던 단어.

그렇기에 그 단어를 떠올리는 데는 긴 시간이 필요치 않았다.

인상을 찌푸린 자비에가 다시 한 번 날카로운 칼날을 들이대려 할 때 샤렌이 입을 열었다.

"하온. 순정의 하온!"

멈칫.

이번에는 뼈까지 긁어내 볼 요량이던 자비에의 손이 멈췄다.

날카로운 눈매에 걸린 의문.

자비에의 눈에는 샤렌이 한 말이 무슨 뜻인지 파악하고자 하는 열망이 가득했다.

'걸렸어!'

이것을 계기로 어디까지 상황을 개선할 수 있을지는 샤렌도 알 수 없었다.

하지만 지속적인 고통 속에서 허우적대는 것보다는 훨씬 나은 상황을 만들고자 최선을 다할 수밖에 없었다.

"그게… 갑자기 무슨 말이냐?"

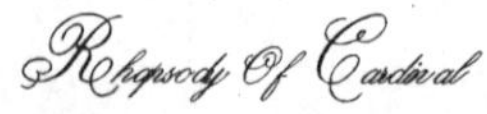

"후우, 후우……."

샤렌은 고통을 억누르듯 숨을 거칠게 몰아쉬는 것으로 대답을 대신했다.

그사이, 자비에의 턱 언저리가 실룩였다.

샤렌은 자비에의 동요를 절실히 느꼈다. 이사벨이 그랬듯 무엇인가를 연구하는 사람들은 한 번 부추겨진 호기심을 주체하지 못한다. 광기에 가까운 탐구욕을 가진 자비에라면 두말할 나위도 없을 터였다.

"하온이라는 게 대체 뭐냐니까?"

"……."

샤렌은 조급해하지 않았다. 자신의 의도가 완벽히 먹힌 이상, 아쉬운 쪽은 따로 있는 것이다.

여전히 지속되는 샤렌의 침묵에 자비에가 밑천을 드러내기 시작했다.

"당장 그 입을 열지 않으면 네 팔다리를 통째로 뜯어내고도 회복이 되는지 확인할 테다. 아니면 눈알을 파내 으깨고, 내장을 꺼내 토막을 낸 뒤의 상태를 연구해 보는 것도 좋겠지."

자비에가 무지막지한 협박을 하는 동안, 샤렌은 눈 한 번 깜빡이지 않고 그의 모든 것을 살폈다.

말이 진행되는 동안 자비에는 세 번에 걸쳐 눈을 깜빡였고, 오른쪽 얼굴을 실룩였으며, 한차례 손바닥으로 얼굴을 문질렸다.

　샤렌은 찌푸리고 있는 인상과 달리 내심으로는 웃음을 터뜨렸다. 괴팍하고 잔인한 자비에였다. 뛰어난 과학자라니 당연히 머리도 좋을 것이다.

　하지만 적어도 거짓말에 능숙하진 않다고 확신할 수 있었다.

　여자들을 유혹할 때, 상대의 표정과 행동을 살피는 것은 필수다. 유혹하고자 하는 대상의 속내를 파악한다는 것은 곧 마음을 얻는 지름길이기 때문이다.

　그중 샤렌이 가장 유용하게 사용하는 것은 바로 거짓말의 징후를 알아내는 방법이었다.

　아무리 진실된 목소리와 표정을 유지하고 있다고 하더라도 무의식적으로 거짓말을 할 때 일관되게 드러나는 행동이 있다.

　거짓말을 할 때 평소보다 눈을 자주 깜빡이는 것은 널리 알려지기도 했거니와 가장 두드러진 예랄 수 있다.

　좀 더 세밀한 관찰력을 가진 사람이라면 오른쪽 얼굴의 표정 변화도 감지할 수 있다. 마음을 감추고자 할 때의 어색한 표정은 왼쪽이 아닌 오른쪽 얼굴에 더 잘 드러나기 때문이다.

　눈 주변을 만지작거리는 것 또한 거짓말을 할 때 무의식적으로 표출하는 행동인데, 자비에의 경우는 조금 달랐다. 그는 얼굴의 좀 더 넓은 부위를 문지르듯 만졌다.

이는 주로 불쾌한 기분이 들 때 드러나는 행동이다. 지속적으로 얼굴을 문지른다면 속마음이 드러날까 동요하고 있을 때라고 여기면 된다.

인간, 그리고 여자들이 거짓말을 할 때와 자비에가 완벽히 같다고 볼 수는 없다.

하지만 지금의 샤렌은 지푸라기라도 잡아야 할 상황.

이것저것을 따질 여유는 없었다.

샤렌은 인간 여자를 기준으로 자비에가 조금 전에 한 말에는 진실성이 없다고 파악했다.

단순한 협박일 뿐, 실제로 자신의 수족을 뜯어내고, 안구를 파내며, 내장을 꺼낼 리는 없으리라.

아니, 언젠가는 그럴 계획을 갖고 있을지 몰라도 지금은 때가 아닌 게 분명했다.

그래서 샤렌은 침묵을 유지했다.

자비에의 눈썹 한쪽이 파르르 떨렸다. 말아 쥔 주먹이 바들바들 떨리는 것도 보였다. 치미는 노기를 억누르기 위해 필사적인 것이다. 그에게 있어 최우선의 과제는 모르는 문제의 해결이기 때문이다.

좌우로 빠르게 흔들리는 눈.

샤렌은 자비에의 갈등을 읽어냈다. 그의 두뇌가 빠르게 회전하고 있으리라.

잠시 후, 자비에는 고개를 좌우로 흔들었다.

그리고 주름진 입술을 벌렸다.

"내게… 바라는 게 있는 것이냐?"

어렵사리 꺼내든 말이었다.

실험 대상과의 타협.

이는 광란의 탐구자 자비에에게 있어서 여간 자존심이 상하는 일이 아닐 수 없었다. 모든 것을 실험을 통해 스스로 알아냈던 자비에였기 때문이다.

하지만 문제 해결의 실마리조차 잡지 못한 그에게 있어서는 다른 선택의 여지가 없었다.

실험 대상의 한계 또한 명확했다. 샤렌이 아닌 다른 대상을 구할 방도가 없는 것이다.

자비에가 반응을 보이자 샤렌은 내심 안도의 한숨을 쉬었다.

하지만 겉으로는 무심함을 유지한 채 담담한 표정으로 입을 열었다.

"나는…….."

느릿하게 꺼내든 시작부터 자비에의 얼굴에 조급함이 서렸다. 그의 탐구욕이 듣던 것보다 훨씬 더 강하다는 사실을 느낀 샤렌은 일이 좀 더 수월하게 풀릴 것을 기대했다.

"당신의 연구에 협조하겠소."

어느덧 샤렌의 말투가 반공대로 바뀌었다.

하지만 자비에는 그에 대해 전혀 느끼지 못하는 모양이었다. 머릿속에 오직 하온이라는 말만 가득하기 때문이리라.

"협조?"

"그렇소, 협조."

자비에의 인상이 일그러진다.

"난 실험 대상의 협조 따위를 바라며 연구를 한 적이 없다."

피식.

샤렌의 입매가 비틀어졌다.

"감히!"

샤렌의 표정이 드러낸 것은 명백한 비웃음.

자비에가 발끈하는 것은 당연한 일이었다. 실험 대상에게 조소를 받는 자신을 생각해 본 적이 없는 것이다.

자비에가 노기를 분출하기도 전.

샤렌이 먼저 그의 말을 자르고 나섰다.

"그럼 원하는 대로 하시던가. 내 팔다리를 통째로 뜯어낸다고? 그런 다음 재생이 안 되면? 내장을 꺼내 토막을 쳤더니 내가 죽는다면?"

"……!"

샤렌이 제기한 의혹에는 근거가 있었다. 앞선 실험 중에서 자비에는 샤렌의 허벅지 살을 한 뭉텅이 잘라낸 적이 있다. 본체에서 떨어져 나온 신체의 일부가 어떻게 반응하는지 확인코자 한 것이다.

결론은 간단히 드러났다. 잘려진 살은 금세 생기를 잃었고 약간의 시간이 지나자 괴사했다.

즉, 본체에서 떨어져 나간 일부에는 특별한 생명력이나 회복력이 없었던 것이다. 반으로 갈리면 양쪽 모두가 살아나는 캠퍼롤과의 차이점이었다.

결국 아무것도 밝히지 못한 채, 실험체를 크게 훼손하게 되면 손해를 보는 것은 자비에 자신이었다. 연구할 재료에 손상이 가는 셈이기 때문이다.

자비에는 쉽사리 샤렌의 말에 반박하지 못하고 머뭇거리면서 손가락으로 콧날을 쓰다듬었다.

샤렌은 그런 자비에의 행동도 여자를 유혹할 때 사용하는 방법으로 읽어냈다. 손가락으로 콧날을 쓰다듬는 것은 긴장을 하고 있다는 증거다. 자의식이 지나치거나 상대와 가까워지고 싶지 않을 때 잘 나타나는 행동이다.

결국 자비에는 샤렌의 발언에 의심을 갖고 있는 것이었다.

상대를 읽었으니 다음 수순을 밟아야 했다.

"사실 나 역시 내 몸에서 일어나고 있는 현상에 대해 잘 알지 못하오."

샤렌은 자신에게 의구심을 갖고 있는 자비에를 설득하기 위해 스스로 속내를 털어놨다. 이쪽에서 먼저 마음을 여는 형식을 취한 것이다.

샤렌이 지금껏 관찰한 자비에는 폐쇄적이고 소극적이다.

누군가와 대화를 나누거나 협상을 하는 것에도 미숙한 게 틀림없었다.

그것은 앉아 있는 자세만 봐도 알 수 있었다. 샤렌은 통증이 줄어들 때마다 습관적으로 자비에의 태도를 살폈었고, 그가 보인 특징들을 기억하고 있었다.

실험 시간이 길어지면 자비에는 종종 의자에 앉아 쉬곤 했다. 대부분의 경우 그는 발목을 겹쳐 의자의 안쪽으로 다리를 당기고 앉았다.

이는 팔짱을 끼는 것 이상으로 자신을 감추고자 할 때 드러나는 포즈였다. 어린아이 같은 정서 상태를 표출하는 자세이기도 했다.

또한 자비에가 앉아 있을 때 자세를 바꿔 허벅지를 포개 다리를 꼴 때도 마찬가지였다.

자비에는 오른쪽 허벅지를 위로 해 다리를 꼴 때가 많았다.

이는 내성적이며 자신의 감정을 표현하는 방법을 잘 모르는 사람들이 자주 취하는 포즈다.

이런 특징을 보이는 여자에게는 스스로 적극적인 모습을 보일 필요가 있었다. 자비에의 경우도 마찬가지리라.

리드하는 모습을 보이는 게 가장 좋지만 정황상 지금의 샤렌에게는 무리였다. 자신이 리드한다면 오히려 자비에의 자존심을 상하게 할 수도 있기 때문이었다.

따라서 샤렌은 스스로의 마음을 열어 능동적으로 자비에

에게 접근을 시도하는 것이다.

"네 몸에서 일어나는 일을 너도 모른다고?"

샤렌은 고개를 끄덕였다.

"최근 어떤 일로 인해 내 몸에 변화가 생겼소."

"일? 어떤 일?"

자비에의 상반신이 앞으로 기울었다. 샤렌의 말에 관심을 기울이기 시작한 것이다.

"아까 말한 대로요. 하온! 순정의 하온이 내 몸에 변화를 일으킨 게 틀림없소!"

"그러니까 순정의 하온이라는 게 대체 뭐냐고?"

빙빙 돌아가는 샤렌의 화법에 자비에는 결국 짜증을 냈다.

"그 질문은 내 협조를 받아들이겠다는 뜻이오?"

상대가 완연히 말려드는 순간 생긴 찬스를 놓칠 샤렌이 아니었다.

"실험 대상 주제에 나와 협상을 하겠다는 게냐?"

자비에가 언성을 높였다. 잔뜩 찌푸린 얼굴에 못마땅한 기색이 가득했다.

'역시 아무리 연구실에서만 뒹굴었어도 연륜이라는 게 있다는 건가?'

아스카의 말에 의하면 자비에의 나이는 근 오백에 근접했다.

본시 늙은 생강이 매운 법.

제아무리 타인을 대하는 데 서툴다 해도 자비에가 살아온 세월을 인정할 수밖에 없었다.

샤렌은 일단 한발을 물러섰다.

"당신이 원하는 답을 찾을 수 있는 방법을 찾자고 제안한 것뿐이오. 덤으로 난 조금이라도 고통을 줄일 기회를 얻게 되니까 말이오."

샤렌은 자신의 제안에 있어서 주가 되는 게 자비에의 연구임을 강조했다.

"어차피 연구의 목적이 내게 고통을 주거나 목숨을 빼앗기 위해서가 아니지 않소?"

샤렌은 몰아치듯 한마디를 덧붙였다.

자비에는 연구의 결과를 얻기 위해 수단과 방법을 가리지 않아서 광란의 탐구자로 칭해질 뿐, 오직 피와 죽음만을 탐닉하는 악마는 분명 아니었다.

"그거야 그렇지……."

당연하게 자비에는 샤렌의 말에 동의를 표했다.

샤렌은 또 한 번 속으로 웃었다.

애초 질문의 목적은 자비에로 하여금 입을 열게 하는 데 있었다. 이런 식으로 긍정적인 대답의 기회를 제공하면 후에 이어지는 제안에도 긍정적일 가능성이 커지는 것이다.

물론 이 역시 샤렌이 여자를 유혹하거나 자신에게 유리하게 설득하고자 할 때 사용했던 화술이었다.

"어차피 선택은 당신의 몫이오. 듣자 하니 세상에 존재하는 모든 의문의 답을 찾았다던데… 당신이라면 올바른 방법을 결정하겠지요."

제안은 자신이 하고 결론은 상대에게 맡기는 것 역시 여자의 마음을 얻어낼 때 샤렌이 자주 사용하는 방법이었다. 이 방법을 사용하면 상대는 스스로 결정을 내렸다고 믿고 결론에 보다 확신을 갖게 되기 때문이다.

게다가 샤렌의 말에는 두 가지의 암시가 포함되어 있었다. 자신의 제안이 자비에가 연구를 통해 얻은 결과처럼 확실한 방법이라는 암시와 그 방법이 올바르다는 암시가 바로 그것이었다.

"흠… 확실히 네가 자발적으로 돕는다면 눈곱만큼이라도 도움이 될 수도 있겠지."

자비에의 대답은 샤렌의 기대에서 한 치의 어긋남도 없었다. 샤렌은 고개를 젖혀 웃고 싶은 마음을 억누르느라 애를 써야만 했다.

더불어 여자를 유혹하는 데 사용하는 방법이 매번 자신의 목숨을 구하는 데 유용하게 쓰인다는 사실을 새삼 느끼는 샤렌이었다.

Chapter 3

Rhapsody Of Cardival

1

수많은 실험도구들이 가득한 공간에 두 개의 의자가 놓여 있었다.

의자의 한 자리에는 샤렌이, 또 한 자리에는 자비에가 앉았다. 사실상 상처를 내야 하는 경우가 아니라면 굳이 묶어둘 필요가 없었다.

이는 샤렌이 협상 아닌 협상을 거쳐 얻어낸 결과였다. 실험 대상이자 실험의 협력자로서 대접을 받게 된 것이다.

"그러니까 북쪽의 유리족들은 아우티카의 축원을 통해 바라카라는 에너지를 얻어 유리족 본연의 힘을 증폭시키고, 남쪽의 유리족은 잉크라라는 에너지를 사용한다고?"

자비에는 지난날 들었던 설명을 되짚었다.

샤렌은 고개를 한 번 끄덕인 후 부연을 했다.

"그리고 마법사라 불리는 소수의 인간들은 하온을 사용해 병이나 상처를 치유하오."

샤렌은 마법사들이 하온을 사용해 전투의 수단으로 이용한다는 말을 하지 않을 작정이었다.

혹여 자신이 강해지는 것에 대해 자비에가 경계를 할까 염려해서였다. 자부심이 강해 별달리 신경 쓰지 않을 가능성이 높은 자비에였지만 일부러 그를 자극할 필요는 없었다.

자비에는 미간을 찌푸린 채 뭔가를 고심하다가 샤렌에게 물었다.

"각각 이름이 붙여진 대로 에너지를 모으거나 사용하는 방법도 모두 다르고?"

"나로서는 정확히는 알 수 없소. 하지만 서로 유사한 바가 분명 있을 거라 생각하오."

"어째서?"

"바라카를 사용하는 인간들이 하온의 저장 방법을 연구하는 것을 봤소. 하온의 연구 결과를 바라카에 적용하기 위함이라고 하니 유사한 면모가 있다는 뜻이 아니겠소?"

"흐음……."

자비에는 신음을 흘렸다. 유리족 따위에게 그와 같은 역량이 있다는 게 좀처럼 믿어지지 않는다는 표정이었다.

"네가 그런 에너지를 운용하는 방법을 모른다는 게 아쉽
군."

말을 마친 자비에의 날카로운 시선이 샤렌의 얼굴에 꽂힌
다. 샤렌이 일부러 모른 척을 하고 있는 건 아닌가 하는 의심
의 시선이었다.

샤렌의 표정에는 흔들림이 없었다. 거짓이 아니라 그는 정
말 아무것도 모르고 있었으니까.

"지금 최대한 당신에게 협조하는 날 보면서도 아직까지 의
심을 하는 것이오?"

샤렌의 말에 자비에는 한 걸음 물러섰다. 표정이나 어조를
살펴서는 의심할 만한 구석이 없었던 것이다.

"어쨌거나 마법사라 불리는 유리족이 하온을 특별한 용기
에 담는 법을 알게 되었고, 그 용기를 파손하면서 네게 변화
가 생겼다는 거지?"

한차례 샤렌을 무시해 보인 자비에는 곧 본론으로 돌아갔
다. 이러네 저러네 해도 연구 과제에 대한 집념만큼은 대단하
다고 인정할 수밖에 없었다.

"변화의 계기로 생각나는 건 그것뿐이오."

샤렌은 자신이 아는 만큼만 인정했다.

"일단은 하온이라는 에너지가 네 몸을 보관용기로 사용하
고 있다고 봐야겠군. 그것도 네 몸의 절반만을 사용하는 중이
고 말이야."

샤렌의 치유, 회복력이 우측에만 국한되어 있어 내린 결론이었다.

"하온을 제어할 수 있는 방법을 안다면 현상의 원인에 접근할 수도 있을 텐데 말이야……. 대체 어떤 식으로 저처럼 뛰어난 재생력을 보이는 건지 정말 궁금하단 말이지."

자비에는 샤렌이 하온의 사용법을 모르는 데 대한 미련을 좀처럼 버리지 못했다.

그러던 자비에가 무릎을 쳤다.

"크레논을 운용하는 방법을 사용해 볼 수도 있겠군. 바라카나 잉크라, 그리고 하온이 서로 유사점이 있다면 크레논과도 공통점이 있을 수 있지 않겠어?"

씨익.

샤렌은 이제 감추지 않고 미소를 내비쳤다.

그 미소의 의미는 자비에도 충분히 알아챌 수 있었다.

이 실험 대상은 자신의 의견에 동조하거나 해결의 실마리를 찾아 떠올린 미소가 아니었다. 자신이 떠올린 방법은 실험 대상의 협조가 반드시 필요하다. 실험 대상이 지시를 거부하고 시키는 대로 하온을 운용하지 않으면 시도조차 못할 방법이기 때문이다.

결국 샤렌은 자신의 협조가 반드시 필요한 상황임을 새삼 강조하는 미소를 지어 보인 것이었다. 마치 '어때, 내 말대로 서로 협조하길 잘했지?' 라고 묻는 것만 같은 미소였다.

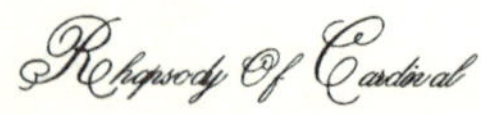

하지만 자비에는 샤렌의 미소를 외면한 채 목소리를 낮게 깔며 말했다.

"흠, 흠! 일단은 네게 크레논의 운용 방법을 가르쳐 봐야겠군. 의도적으로 하온을 움직였을 때 좀 더 두드러진 현상을 볼 수도 있을 테니까 말이야."

"일리가 있는 말이네요."

샤렌은 고개를 끄덕였지만 돌아오는 것은 '흥' 하는 자비에의 콧방귀였다. 샤렌의 협조를 구해야 할 입장이지만 실험에 대한 의견까지 기대하는 건 아니라는 뜻이었다.

"크레논의 운용법은 심오하기 짝이 없는 만큼, 정신 똑바로 차리고 들어야 할 게야."

정신을 차리지 말라고 해도 집중을 해야만 하는 샤렌이었다. 자신의 변화가 정말로 순정의 하온을 파괴해서 시작된 것인지는 알지 못한다.

하지만 가설이 옳을 가능성은 매우 높았다. 하온이 자신의 몸 우측에 축적되어 신묘할 정도의 회복력을 갖게 되었다는 게 설득력이 있었기 때문이다.

하온의 운용이 비단 치유력에만 있지 않다는 것을 샤렌은 알고 있다. 그런 힘을 가졌음에도 정작 사용하는 방법을 모른다는 것은 큰 손해다.

지난번 막대한 무력 앞에서 자신이 얼마나 하잘것없는 존재인가에 대해 깊이 느낀 샤렌이었다. 할 수만 있다면 강한 힘을 얻는 것은 지금의 샤렌이 바라 마지않는 바였다.

단 한 마디도 놓치지 않겠다는 각오로 샤렌의 눈이 빛날 때, 자비에의 설명이 시작되었다. 한시라도 빨리 샤렌이 하온을 운용하게 하고 그로 인한 변화를 관찰하고 싶었던 것이다.

"모르는 부분이 있으면 반드시 질문을 하도록! 배운 대로 크레논, 아니, 하온을 운용하다가 조금이라도 이상한 현상이 벌어진다 싶으면 즉각 중단하고 말이지."

체내의 힘을 잘못 사용하는 것은 죽음에 이르는 척도였다. 크레논의 사용법이 하온과 맞지 않는다면 당장 운용을 멈춰야 했다. 원래대로라면 유리족 따위가 목숨을 잃건 말건 자비에가 신경 쓸 바가 아니지만, 하나밖에 없는 실험 대상을 잃고 싶지 않았던 것이다.

"기본적으로 크레논을 운용한다는 것은 우주를 향한 눈을 뜬다는 것과 같은 의미지."

자비에는 크레논에 관한 기초적인 내용부터 설명을 시작했다. 크레논의 운용에 있어 모리엔트 제일을 자부하는 제천의 후예인만큼 그가 설명하는 내용은 방대했고 깊이가 있었다.

샤렌이 자비에가 설명한 기초에 대해 이해하는 데도 하루가 꼬박 필요했다.

[다행이네요.]

샤렌이 감옥이나 다름없는 암혈에 돌아왔을 때, 아스카가 말을 걸어왔다.

노래하는 듯한 아스카의 목소리는 언제나 듣기가 좋았다. 종일 유지했던 긴장이 절로 풀리는 느낌이었다.

"뭐가 다행이라는 거죠?"

[오늘은 어쩐지 당신이 무사한 듯한 느낌이에요. 신음도 들리지 않고 말이에요.]

샤렌은 싱긋 미소를 지었다. 어제와 달리 오늘은 아무런 상처도 없이 암혈에 돌아왔기 때문이다.

그는 아스카에게 자신과 자비에가 합의한 내용을 간략히 설명했다.

더불어 크레논을 사용하는 방법에 대해 배우기 시작한 것에 대해서도 말했다.

[자비에님이 크레논의 운용법을 설명한다고요?]

"네. 생각했던 것보다 훨씬 복잡하고 어렵더군요."

[당연하죠. 제천의 후예들이 크레논을 운용하는 방법은 서천의 정점에 서 있어요.]

"정점이라……."

[사실 저희 성휘족 역시 크레논 운용에 대한 자부심이 대단해요. 제천의 후예에 비해 저희가 수명이 짧아 축적할 수 있

는 크레논의 양이 적을 뿐, 그 운용 방법만큼은 뒤지지 않는다고 여기는 거죠.]

성휘족의 수명은 약 3백여 년이라고 했다. 5백 년 이상을 사는 제천의 후예들과는 차이가 있는 것이다.

[게다가 성휘족은 크네논의 운용에 최적화된 신체를 타고난 제천의 후예에 필적할 만큼의 무위를 발휘하는 전사들을 종종 배출했으니까요. 물론 비슷한 나이일 때에 한해서지만요.]

"레타니아라는 사람처럼요?"

[…그래요. 레타니아, 그분은 제천의 후예들과 맞설 때도 조금도 밀리지 않았죠.]

자부심과 슬픔이 함께 어우러지는 대답이었다.

[하지만 제 생각은 좀 달라요. 성휘족은 크레논의 운용에 대한 자부심을 버렸을 때 더 강해지거든요. 레타니아님 역시 그랬어요.]

아스카의 설명에 샤렌은 한 가지 사실을 떠올렸다.

"그러고 보니 그는 마령을 사용했군요!"

샤렌이 만났던 두 성휘족은 무구를 사용하지 않았다. 영참의 도, 다시 말해 크레논의 운용을 통해 형상화한 무구를 사용했던 것이다.

[맞아요. 그분은 성휘족이 가진 한계를 명백히 인지했어요. 그리고 마령의 힘을 빌려 부족한 부분을 메운 거예요.]

"보구를 사용하는 쪽이 더 효율적이라면 왜 다른 성휘족들은 그러지 않는 거죠? 보구를 구하기가 어렵기 때문인가요?"

[물론 마령 정도의 보구는 서천 아래에서 더 이상 찾기 힘들 거예요. 하지만 성휘족이 무구를 사용하지 않은 것은 단지 보구의 소유가 힘들어서만은 아니랍니다.]

"그럼 단지 자부심 하나 때문에 더 강해질 수 있는 방법을 외면하고 있다는 건가요?"

강해져야 할 필요성을 느꼈을 때와 그렇지 않을 때는 다르다.

샤렌은 이미 무력의 필요성에 대해 수차례 체감한 상태.

유용한 방법을 외면하는 원인이 불필요한 감정에 근거했다고 생각하니 어리석게만 느껴졌다.

[크레논을 이용해 특정한 사물을 형상화하는 능력에 대한 성휘족의 자부심은 특별해요. 서천의 그 어떤 종족에게도 쉽지 않은 능력이니까요. 그러니 말씀하신 대로 저희 종족이 가진 자부심이 무구를 사용하지 않는 이유 중 하나라고 할 수 있을 거예요. 하지만 그게 전부는 아니에요.]

아스카의 설명을 통해 샤렌은 자신이 성급했음을 깨달았다. 지금 겪고 있는 모든 상황이 너무나도 무력한 자신 때문이라는 자책감이 그를 조급하게 몰아가고 있었던 것이다.

[본시 무구란 수족의 연장선에 있을 때 그 위력을 최대한 이끌어낼 수 있어요. 성휘족은 어릴 때 가지고 노는 장난감조

차 크레논을 형상화시킨 것들이에요. 다시 말해 크레논을 구체화한 영휘무구(靈輝武具)야말로 저희들에게 가장 다루기 쉬운 무구란 뜻이죠.]

"같은 종류의 무구인데도 차이가 생기나요? 그러니까 영휘무구라는 것이 아니면 다루기 힘들다는 뜻인가요?"

[같은 맥락이긴 해도 손에 익은 것과 그렇지 않은 것에는 미묘한 차이가 있게 마련이죠. 적이 강자의 반열에 오른 자라면 미묘한 차이가 생사를 가르게 되는 거고요.]

"아!"

[앞서 말했듯 레타니아님이 영휘무구를 버릴 수 있었던 것은 한계를 깨달았고, 그 한계를 극복하고자 하는 의지가 대단했기 때문이에요. 레타니아님이 마령을 사용하고자 각오를 했을 때, 지금까지의 모든 것을 버리고 처음부터 다시 시작하는 거라고 말했을 정도니까요.]

무투에 대한 기초지식이 일천한 샤렌이다.

하지만 진정한 강자들은 자신이 사용하는 무구와 하나가 된다는 이야기를 들은 적이 있다.

누군가 이미 절실하게 한계를 깨닫는다 해도 이미 하나 된 영휘무구를 버리기란 쉽지 않은 것은 당연한 일이다. 만약 한계에 부딪친 적이 없다면 두말할 나위도 없을 것이고.

성휘족이 영휘무구를 포기하지 못하는 게 이제는 이해가 갔다.

Rhapsody Of Cardinal

스스로의 경우를 가정해 봐도 쉽게 납득이 됐다.

만약 지금의 자신에게 말[言]이 아닌 수화(手話)로 여자를 유혹하라 한다면 얼마나 힘들겠는가?

[잠시 이야기가 옆길로 샜군요. 아무튼 제천의 후예가 크레논을 운용하는 방법은 정말로 탁월하다고 말할 수밖에 없어요. 제천의 후예들의 수명을 고려하고 그들이 축적했을 막대한 양의 크레논을 생각한다면 더더욱 그렇죠. 그렇게 큰 힘을 자유자재로 구사한다는 건 정말 힘든 일이 아닐 수 없으니까요. 오죽하면 예(藝)라 칭해지겠어요. 저희 일족이 인정을 하든 안 하든 그것만큼은 변치 않는 사실이에요.]

"축적한 크레논이 많을수록 다루기가 어렵나 보군요."

[당연히 그래요. 그 큰 힘을 정교하게 사용하기는 더욱 어렵고요. 조금이라도 잘못 사용했다간 폐인이 되거나 죽음을 맞이할 가능성이 더 커지는 거예요.]

아스카의 답변에 샤렌의 얼굴에 그림자가 드리워졌다.

순정의 하온이 가진 막대한 에너지에 대해서 이사벨에게 들은 적이 있다.

만약 순정의 하온이 가진 에너지가 자신의 체내에 고스란히 옮겨온 것이라면?

몸속 하온의 양은 막대하기 이를 데 없다는 뜻이고, 조금이라도 실수를 한다면 폐인이 되거나 죽을 수도 있다는 말이었다.

‘내 스스로 조심할 수밖에 없겠군.’

크레논의 운용법이 하온과 완전히 다르다면 엄청난 부작용이 생길 터.

자비에야 실험 대상을 잃을 뿐이지만, 자신은 경우가 다르니 알아서 건사를 해야 하는 것이다.

[만약 당신이 제대로 제천의 후예들의 비전(秘傳)으로 크레논을 사용할 수 있게 된다면 큰 행운일 거예요.]

“행운이라고요?”

[그럼요. 제천의 후예들은 그 어떤 일이 있어도 타 종족에게 자신들의 크레논 운용법을 전하는 법이 없으니까요. 만약 시우카님께서 삭월의 일원들에게 크레논 운용법을 전수해 주신다면 큰 힘이 될 거예요. 하지만 그런 일은 기대할 수 없을 정도예요. 이는 제천의 후예에게 있어서는 다시없을 금기니까요.]

“금기라면… 어겼을 때에 어떤 제재가 가해지는 건가요?”

[제재가 가해진다기보다는 자존(自存)의 한 방편일 거예요. 크레논의 운용법이 외부로 유출된다면 제천의 후예는 더 이상 제천의 후예가 아니게 되는 거죠.]

‘하긴 종족 특유의 뛰어난 능력이 사라지는 셈일 테니까.’

생각을 정리하던 샤렌이 갑자기 눈을 가늘게 떴다. 머릿속에 떠오른 하나의 가능성 때문이었다.

자비에는 유출이 금기된 사항을 자신에게 전하고 있었다.

하지만 결과는 아직 유출이랄 수 없다. 자신이 자비에의 실험실에 남아 있는 동안만큼은 유출이 아닌 것이다.

즉, 자비에는 자신이 실험실 밖으로 나가는 것만 막으면 된다.

그리고…….

'죽어서 나가는 것은 상관없을 테고 말이야.'

결국 자비에의 연구가 결과를 맺게 되면 어떤 일이 벌어질지 뻔했다.

샤렌이 조심해야 할 것은 하온의 운용뿐이 아니었던 것이다.

3

며칠 동안에 걸친 설명이었음에도 자비에의 크레논 이론은 아직도 기초에서 크게 벗어나지 못하고 있었다. 그만큼 방대한 이론이었던 것이다.

'일단 미간에 크레논을 축적하는 건 바라카와 비슷하군.'

정식으로 바라카를 운용하는 방법을 알지 못하나 샤렌도 아카데미에서 들은 풍월 정도는 있었다. 바라카를 사용하는 자들이 미간에 바라카를 축적한 후, 필요할 때마다 힘을 이끌어 사용한다는 정도는 알고 있는 것이다.

자비에의 설명은 계속되었다.

"같은 크레논이라 할지라도 축적된 양과 이끄는 방법, 집중 등의 방법에 따라 다른 결과를 만들어낸다는 말이야."

'같은 크레논이라 해도 그런 차이를 보인다면 크레논이 아닌 하온이 어떤 결과를 만들지에 대해서는 전혀 모른다는 뜻이군.'

그렇게 받아들이며 샤렌은 입을 열었다.

"그건 저도 알고 있어요. 바라카를 운용하는 사람이 누구냐에 따라 강한 정도에 큰 차이가 보이니까요."

어느새 샤렌의 말투는 또 바뀌었다. 보다 친근한 어조를 사용하기 시작한 것이다.

아스카는 삭월을 이끄는 현자 시우카가 자신을 구하러 오는 시기를 정확히 예측할 수가 없다고 했다. 왕의 군대와 맞서는 상황이 급박한 만큼 억지로 여유를 만들어야 하기 때문이었다.

다시 말하자면 아스카가 스스로 약속한 대로 자신을 이곳에서 빠져나가게 해줄지라도 그 기간이 얼마나 될지 모르는 상황인 것이다.

따라서 샤렌은 이곳에 있는 기간 동안 자구책을 마련해야만 했고, 그 일환으로서 자비에와의 거리를 좁히기로 했다. 비록 자비에의 시커먼 속내를 알고 있다 해도 말이다.

다행히 샤렌의 말투 변화에 대해 자비에는 크게 신경을 쓰지 않는 듯했다.

그로 인해 샤렌은 별다른 핑계를 대지 않고도 자연스레 의도한 바의 행동을 이어갈 수 있었다.

"흥! 유리족의 힘은 기묘한 발상을 했다는 것에 그 가치가 있을 뿐이야."

자비에는 오만한 표정으로 말했다. 하온의 치유력에 관심이 있을 뿐, 인간이 가진 힘에는 별다른 관심이 없다는 뜻이었다.

"일단은 우측 반신에 흩어져 있는 네놈의 하온을 제자리로 돌려보도록 해야겠어. 우선 하온을 감지하는 것부터 시작해야겠군."

샤렌의 붉은 눈이 빛을 냈다.

드디어 본격적으로 하온을 운용하는 시도를 하게 된 것이다. 조심 또 조심을 해야겠지만, 이 시도가 자신에게 미지의 힘을 줄 수도 있다는 가능성이 그를 들뜨게 했다.

공간을 압축하듯 이동해 이오나를 구해냈던 그 힘!

그 능력을 자신의 것으로 만들 계기가 주어질지도 모르는 일인 것이다.

4

따악.

샤렌의 고개가 팩하니 숙여졌다. 통증을 이기지 못한 얼굴은 일그러졌다. 자비에가 의자에 앉아 손가락질을 한 번 했을 뿐인데 누군가 뒤통수를 후려친 결과가 나온 것이다. 금빛 세사의 효능이었다.

"벌써 호흡이 흐트러지잖아!"

자비에가 언성을 높였다. 안 그래도 듣기 거북한 목소리였는데 버럭 소리를 지르자 귀를 막고 싶을 정도였다.

샤렌은 뒤통수를 한 번 문지른 후, 다시 자세를 잡았다.

무릎을 꿇고 발목을 포갠 상태에서 양손을 허벅지 위에 얹었다. 엄지, 검지, 중지를 포개 원을 만들고 약손가락과 새끼손가락은 편안하게 폈다. 자비에는 이 포즈가 감응의 단계를 위한 것이라 했다.

"정신을 집중해 네 몸 안에 흐르는 기운을 느껴! 크레논의 경우, 일체의 잡념이 없을 때에만 감응이 가능하니 하온 역시 마찬가지일 게야."

눈을 감은 샤렌의 귀에 쇠못을 긁는 듯한 자비에의 목소리가 파고들었다.

하지만 이미 호흡을 고르며 시작한 샤렌은 자비에의 거북한 목소리에 더 이상 신경 쓰지 않았다. 깊이있는 들숨과 날숨, 그 간격과 폭에만 집중하고자 했다.

"호흡이 가라앉고 잡념이 사라지면 미간 상단을 통해 우주와 네가 연결된다는 이미지를 강하게 그리도록 해. 마치 하나의 통로가 저 우주를 향해 뻗어 있는 것처럼 말이야."

자비에의 설명에 따라 샤렌이 머릿속에 우주와 연결된 통로를 그리기 시작하기까지는 꽤 오랜 시간이 걸렸다.

"그려진 이미지가 완벽해서 마치 실제와 같이 느껴지는 그 순간, 몸 안에서 평소와 다른 뭔가가 느껴질 거야. 아무리 미약한 느낌이라 할지라도 뭔가가 느끼는 그 순간을 기억해. 그 느낌이 하온을 다루는 문의 열쇠가 되어줄 테니까 말이야."

샤렌의 집중이 강화되고 있는 것을 파악한 듯 자비에의 목소리는 평소에 비해 훨씬 낮고 부드러웠다. 그로서는 최선을 다한 것이겠지만 여전히 듣기에는 거북한 목소리였다.

이후 자비에가 입을 다물자 조용해진 공간에는 샤렌의 일정한 호흡 소리만 들렸다.

"후우, 후우……."

반복되는 소리를 들으며 자비에는 두 눈을 가늘게 떴다.

하온이라는 에너지에 대한 의문은 끔찍할 정도로 그를 달궜다.

과거 이사벨은 하온이라는 에너지를 보관하는 방법과 순정의 하온을 이용해 마법을 강화시키는 방법, 외부에 영향을 끼치면서도 보관된 에너지가 일정하게 유지되는 방법 등에 대해 연구했다. 그와 같은 내용은 샤렌을 통해 자비에에게 전해졌으니, 자비에가 풀어야 할 숙제는 많고도 많았던 것이다.

하지만 그 무엇에 우선해 자비에의 탐구욕을 뜨겁게 달구는 문제가 있었다.

그것은 신의 영역에 해당한다고밖에 볼 수 없는 치유와 회복의 능력이었다.

하온이 보여준 극단적 치유, 회복력은 탐구자로서인 자비에의 영감을 자극했다.

자비에가 떠올린 것은 바로 아이모탄이었다.

아이모탄.

그것은 고대로부터 내려온 신화에 등장하는 이름이었다.

하늘과 땅의 뚜렷한 구분이 없고, 충만한 영(靈)이 삼라만상(森羅萬象)에 직접적으로 개입하던 시절.

만군(萬軍)의 패주인 사이온과 혼돈과 미궁(迷宮)의 지배자인 파오돈의 반목이 본격화되었다.

지혜의 신 마이오바의 만류와 중재는 수포로 돌아가고 신들은 둘로 갈렸다.

우위에 선 것은 당연히 만군의 패주인 사이온.

모든 이는 파오돈과 그를 따르는 신들의 소멸을 믿어 의심치 않았다.

하지만 결과는 달랐다.

초월적 존재들의 격돌이 불러일으킨 필연적 결과는 바로 우주의 혼란이었다.

모순되게도 거듭되는 파오돈 측의 패퇴가 그 과정 중에 야기된 우주의 혼란으로 인해 파오돈에게 막대한 힘을 부여하게 된 것이다. 파오돈의 힘이 혼돈에 근거하기 때문에 발생한 일이었다.

압도적인 사이온의 승리로 쉽게 끝나리라 예상했던 반목은 영겁의 세월에 걸쳐 이어졌고, 그로 인해 우주는 걷잡을 수 없이 훼손되었다. 신을 제외한 살아 있는 모든 것은 존재 자체의 소멸만을 기다릴 수밖에 없었다.

미력한 그들을 긍휼(矜恤)한 이가 있었으니, 그가 바로 현재에 와서 자애의 신이라 칭해지는 아우티카였다.

아우티카는 애꿎은 희생을 막기 위해 동분서주했다. 어떻게 해서든 하나의 생명이라도 더 지켜내려 한 것이다.

하지만 사이온과 파오돈의 충돌이 만들어낸 여파를 막기에 아우티카의 능력은 한참이나 부족했다.

이에 아우티카는 살아 있는 모든 것을 위해 극단적인 결정을 내린다. 그는 스스로의 한계를 넘어선 힘을 발휘해 하늘과 땅을 구분 지었다. 신들의 반목이 더 이상 살아 있는 것들에게 해를 끼치지 못하도록 한 것이다.

한계를 넘은 결과를 만들어낸 대가는 존재의 소멸.

자애의 아우티카는 그렇게 스스로를 희생해 살아 있는 것들을 구해낸 것이다.

위대한 희생의 마지막 순간까지 아우티카는 자애 그 자체였다. 존엄 이상의 존재에서 우주로 회귀되는 순간의 위엄조차 포기하고, 그 대가로 아이모탄을 생성해 언젠가를 위해 귀하게 쓰이길 바라며 사라져 간 것이다.

아우티카가 신으로서의 존엄성마저 포기하며 생성한 아이모탄은 신화 속에서 때로는 식물의 꽃으로, 과일로, 뿌리로, 때로는 하나의 보석으로 묘사되곤 한다.

하지만 중요한 것은 드러난 형체가 아니라 본질에 있었다.

살아 있는 모든 것을 위해 신이 행한 위대한 희생에 대한 상징적 의미로서의 유물인 아이모탄의 본질은 바로 영생불사(永生不死)였다!

누군가 아이모탄을 얻게 되면 오직 신에게만 허락된 영원한 생명을 얻게 된다는 게 신화의 내용이었던 것이다.

가늘게 뜬 자비에의 두 눈에서 일렁이는 빛은 탐구에 대한 열정과 광기를 넘어선 야욕이었다.

자비에에게 있어서는 신화 속 아이모탄의 발견이었다.

샤렌과 그가 가진 하온의 신비를 풀어낸다면 소멸되지 않는 불사지체(不死之體)를 얻는 것도 꿈은 아니리라!

자비에의 달궈진 눈 속에는 죽음을 극복한 후, 우주의 모든 비밀을 풀어내는 자신의 모습이 또렷이 그려지고 있었다.

Chapter 4

Rhapsody Of Cardival

1

"크크흐흐흐, 그러니까 마령의 원주인이 네 약혼자였다는 거였군."

자비에의 날카로운 눈매는 아름다운 여인의 얼굴에 고정되었고, 입매에는 긴 호선이 그려졌다. 공교롭기만 한 인연이 마냥 재밌다는 표정이었다.

"네, 그러니 샤를로엔님은 제게 있어서는 은인이나 다름없는 분, 그분을 저희에게 양보해 주시길 자비에님께 간절히 요청합니다."

노래하는 듯한 목소리.

간절한 표정으로 자비에에게 부탁을 하는 여인은 현자 시우카와 삭월의 방문으로 인해 감금되었던 암혈에서 빠져나온 아스카였다.

"나 역시 자네가 우리와의 합류를 거절할지언정, 이 아이의 청만큼은 거절하지 않았으면 하네."

부드러운 목소리의 주인공은 얼굴에 자비에만큼의 세월을 아로새긴 노인이었다. 잿빛 피부, 뾰족한 귀, 그리고 자비에에 대한 평대로 미루어 그가 서천 제일의 현자로 불리는 시우카임을 어렵지 않게 짐작할 수 있었다.

"흐흐흐흐……."

자비에는 대답 이전에 특유의 웃음을 흘렸다.

"시우카, 자네를 못 본 지 꽤 오랜 시간이 지났다는 건 알고 있네. 하지만 서천의 위대한 현자께서 어린놈에게 쫓겨 꽁지가 빠지도록 도망 다니는 동안, 지혜가 아닌 얼굴 가죽만 두껍게 키웠다는 건 몰랐군그래."

자비에의 노골적인 비아냥거림이었다.

하지만 시우카의 표정엔 일말의 변화도 없었다. 이 정도의 도발에 감정을 드러낸다면 현자의 칭호가 과분하리라.

"레타니아라는 이름의 성휘족 아이는 내게 있어서 특별했다네. 이 늙은 목숨이 지금까지 이어지고 있는 것 역시 그 아이 덕분이지."

시우카는 깊이있는 눈으로 자비에를 응시하며 말했다.

"훗! 그래서 어쨌다는 건가? 행여 사백 년 이전에나 있었던 자네와 나 사이에 기대어 내 실험 대상을 요구하겠다는 건 가?"

"제아무리 오랜 세월이 흘렀다 해도 우정의 가치가 변하겠 는가?"

시우카는 현기 가득한 눈을 빛내며 질문을 반문으로 받았 다.

"흐흐흐흐! 우정? 우정이라……."

자비에는 한쪽 입매를 잡아당겨 올리며 웃음소리를 흘렸 다.

"자네의 오만함은 그때나 지금이나 전혀 달라진 게 없군그 래. 자네가 정의하면 성립되는 게 우정이라는 건가?"

표정과 달리 자비에의 음성은 평소보다 더욱 날카로웠 다.

"자네의 머릿속에 담겨진 추억이 증거가 아니겠나?"

시우카는 더없이 부드럽게 말했다.

자비에는 그런 시우카가 못마땅했다. 평소보다 깊게 패인 주름이 그의 심정을 대변했다. 당장 소리를 질러 추억으로 미 화될 기억이 아니라 말하고 싶었다.

하지만 자비에는 그러지 않았다. 처세에 능하지 못한 자비 에였지만, 적어도 시우카를 어떻게 대해야 하는지 정도는 알 고 있었다. 무턱대고 화를 내면 손해를 보는 건 언제나 자신 임을 이미 오래전에 체험했기 때문이다.

　"아하! 현자께서 이번에는 내 어린 시절의 기억까지 가늠해 버리시는군. 자네의 그 잘난 머리통에 그 시절이 아름다운 추억과, 우리 사이의 돈독한 우정으로 채워져 있을지라도 내게는 아닐세. 혹여 자네가 추억이고, 우정이라 생각했다면 그건 일방적일 뿐이니 서운하다 탓할 일도 아니겠고 말이야."

　쏘아붙인 말은 날카롭긴 하되 폭발하듯 화를 냈다고 볼 수는 없었다. 그것으로 자비에는 만족했다.

　적어도 오늘의 주도권을 쥐고 있는 사람은 자신이다. 자신이 성질을 주체하지 못하고 화를 내는 것이야말로 현자의 탈을 쓴 여우, 시우카가 노리는 순간이라 그는 확신하고 있었다.

　"솔직히……."

　시우카는 이전에 비해 느릿하게 말을 시작했다.

　"서운한 마음이 드는 건 어쩔 수 없다네, 자비에. 내가 자네에 대해 생각한 것들이 모두 일방적이라고 생각하면 말일세. 하지만 후회는 하지 않는다네."

　"나에 대해 생각한 것들? 틈만 나면 나에 대해 비난을 쏟아붓고, 상종할 가치조차 없는 자로 몰아붙이던 그것을 말하는 건가?"

　"우정이 없었다면 자네가 무엇을 하든 신경조차 쓰지 않았을 걸세. 언젠가는 내 진심을 자네가 받아들여 주길 바랐던 것이고……."

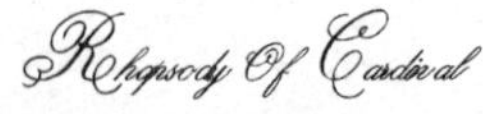

"호호호호… 자네의 매끄러운 혓바닥은 수백 년이 지난 지금까지도 여전하군, 시우카! 하지만 서천의 모두가 네놈의 혀에 놀아날지언정 적어도 두 사람은 그렇지 않다는 걸 자넨 알고 있겠지? 바로 나하고 그 아이 말이야."

자비에가 말하는 그 아이란 서천의 왕이었다. 그 뜻을 모를 시우카가 아니었다.

시우카는 한숨과 함께 고개를 좌우로 저었다.

"호호호호! 왜, 부정하고 싶은가? 네놈의 혓바닥으로 해결할 수 없는 문제가 하나가 아니라 둘이라는 걸 받아들이기 힘든 건가?"

"그게 아닐세, 자비에."

시우카는 미간을 좁히며 말했다.

"난 지금 시간의 부족함을 아쉬워할 뿐일세."

"시간이 부족하다고?"

"며칠, 아니, 몇 개월이 걸리더라도 자네가 내게 가진 감정의 실타래를 풀어내고픈 심정일세. 하지만 나와 이 친구들에게는 해야 할 일이 있다네."

"흥! 입에 발린 소리는 그것으로 충분해, 시우카. 할 말이 끝났으면 어서 이곳을 떠나게."

"자비에, 레타니아에게 은혜를 입은 건 나뿐이 아닐세. 삭월의 구성원 모두가 그에게 생명의 빚을 졌지. 물론 이 자리에 함께한 이들 역시 마찬가질세."

자비에는 시우카의 어깨 너머에 서 있는 자들을 봤다. 나이 어린 동족 몇과 은익의 성휘족 몇이 보였다. 시우카가 말하는 바는 명백했다. 저들 모두가 레타니아에게 보답코자 하니 은인을 내놓지 않으면 무력을 써서라도 데려가겠다는 의미였다.

"흐흐흐흐……. 내 그럴 줄 알았어. 역시 자넨 언제나 내 기대에 부응해 주는군그래."

"미안하네."

시우카는 진심 어린 표정으로 말했다.

"아니! 미안할 필요 없어. 남들 앞에서야 현자입네 하고 너그러운 척, 인자한 척, 행세하지만 내게는 원래 안 통했었으니까. 설마 가면 뒤에 있는 자네의 이런 모습을 내가 몰랐다고 생각하나?"

"이보게, 자비에. 우리가 살아봐야 얼마나 살겠는가? 우리 사이에 가로놓인 감정의 골을 메울 수는 없을지라도 더 깊이 파지는 않았으면 좋겠네."

시우카의 말은 상황을 악화시키지 말라는 뜻이었다.

"자네의 그 오만함은 정말이지 끝을 모르는군."

자비에는 팔짱을 꼈다.

"시우카, 자넨 아무래도 지나치게 오랜 시간 동안 현자라는 칭호에 안주해 살아온 듯하네."

"내게 또 다른 문제가 있는 건가?"

"여기가 어디라고 생각하나?"

자비에는 머리를 꼿꼿이 세운 채 말했다. 자신감의 표현이
었다.

"여긴 바로 평생을 두고 우주의 비밀을 밝혀온 이 자비에
의 실험실일세. 내 모든 업적이 있는 곳! 바로 그곳이란 말일
세. 그런 장소에서 내가 누군가의 협박에 굴하리라고 생각하
는 건가?"

여태껏 미동도 않던 시우카의 표정이 변했다.

지금껏 자비에가 연구해 온 분야는 광대하기 짝이 없다. 그
중에는 살상을 위한 도구나 장치의 발명 역시 적지 않다.

그런 장치들이 이 실험실에 설치되어 있다면?

자비에에게 무력을 이용한 시위는 소용이 없는 것이다. 시
우카의 미간에 잡힌 골 깊은 주름은 좀처럼 펴지지 않았다.

시우카의 반응에 의기양양해진 자비에가 덧붙여 말했다.

"물론 자네 정도라면 이곳을 죽지 않고 빠져나갈 수도 있
겠지. 하지만 저들은 그렇지 못할 걸세. 흐흐흐, 저들 모두가
죽는다면 자네가 이끄는 삭월이라는 무리에겐 크나큰 타격이
아니겠나?"

자비에는 승자의 미소와 함께 말을 마쳤다. 성휘족 여자아
이를 돌려주며 누리려 했던 쾌감이 예기치 못한 상황이 더해져
수배로 늘어났다. 자비에는 그 기쁨을 한껏 누리는 중이었다.

한편 시우카는 어느새 평정을 되찾은 듯 원래의 표정으로

돌아갔다.

"자네 말이 옳네."

자신을 향해 멸시의 웃음을 보내는 자비에를 앞에 두고 시우카의 담담한 목소리가 흘러나왔다.

"아무래도 지금 은인을 모셔가기란 힘들겠군."

포기의 한마디.

그에 놀라 나선 것은 아스카였다.

"시우카님!"

시우카는 아스카에게 시선을 돌렸다.

"레타니아의 희생은 복수를 염두에 둔 것이 아니라 우리의 사명을 위함일세."

"……!"

"이곳에서 또 다른 희생을 만들어가며 그의 복수를 기린다면 레타니아가 어떻게 생각하겠는가?"

아스카는 아무런 말도 하지 못했다. 보답에 대한 열망이 크고, 스스로 한 말에 대한 책임감도 막중했지만 시우카가 옳았다. 서천의 왕과 맞서기 위해서는 한 명이 아쉬운 상황이다. 샤렌을 구하기 위해 이곳에서 동료를 희생시킬 수는 없었던 것이다.

시우카의 시선이 다시 승리의 쾌감에 한껏 도취된 자비에에게로 향했다.

"오늘은 일단 물러가겠네."

"일단이라……?"

"언제까지고 은인을 외면할 수는 없으니 말일세."

"호호호… 그놈의 허세는 여전하군, 시우카. 돌아서면서까지 한마디를 던지지 않고는 못 배기니 말이야."

비록 자비에가 실험실에서 꼼짝을 안 한다지만 서천의 형세에 대해 전혀 모르고 있는 것은 아니었다. 왕을 자처하는 꼬맹이는 결계의 핵을 파괴하기 위해 혈안이 되어 있고, 시우카와 삭월은 그를 방해하기 위해 동분서주하는 중이다.

따라서 자비에는 시우카가 그 와중에 막대한 희생을 각오하면서까지 무력으로 샤렌을 구해낼 여력이 없다고 확신했다.

"뭐… 사실이라도 좋겠지. 자네가 아끼는 녀석들이 이곳에서 죽어가는 것을 보는 것이 내게 색다른 즐거움을 선사해 줄지도 모르니 말이야."

자비에는 웃음을 감추지 않으며 말을 이었다.

"참고로 이곳에서 숫자는 무의미하다네, 시우카. 오직 개개인의 능력으로 모든 것을 극복해야 한다는 걸 명심하게."

강력한 승리의 도취감 속에서 자비에는 불필요한 친절까지 베풀었다. 자신의 그런 값싼 아량이 시우카에게 더 큰 모멸감을 주리라 기대하면서…….

"자비에님!"

아스카였다.

“뭐냐?”

자비에는 아스카를 돌아보며 물었다. 평소라면 어딜 감히 제천의 후예들의 대화에 끼냐고 소리를 질렀을 그였다.

자비에가 말을 받아준 이유는 아스카가 지금 누리고 있는 승리의 기쁨을 선사한 셈이기 때문이었다.

“은인께 지금의 상황을 설명이라도 할 수 있는 기회를 주세요. 부탁입니다.”

난데없는 아스카의 부탁.

자비에는 성휘족 계집아이의 갑작스런 행동이 자신에게 또 다른 기회가 될 것임을 확신했다. 그는 이 여자아이의 말에 반응해 주길 잘했다고 생각했다.

“이곳에서 멀쩡히 살려 보내는 것도 감사해야 할 마당에 부탁까지 하겠다고……?”

짐짓 못마땅한 표정을 내비치는 자비에의 시선이 시우카에게로 향했다.

그 시선에 담긴 뜻을 모를 현자가 아니었다.

“부탁하네. 이것만이라도 들어주게.”

“하아! 정말이지 뻔뻔함의 극치구먼. 방금 전까지 다시 돌아와 내 실험 대상을 빼앗겠다고 으름장을 놓다가 이제 와서 또 부탁이라니!”

말 한마디 한마디에 돋친 가시가 자비에에게는 보다 큰 희열을 느끼기 위한 자극제였다. 저 시우카에게 이런 말을 할 수 있는 것 자체가 그에게는 기쁨이었던 것이다.

"뭐… 여기서 그마저 안 된다면 나 역시 가식으로 온몸을 둘러싼 자네와 다를 것 없겠지. 자네가 말한 우정 따위는 난 알지 못하지만 어릴 때 함께 자라왔다는 사실 정도는 기억하니 말이야. 그때를 생각해 내 너그럽게 받아들이겠네."

이 여유.

이 관대함.

그것들이 시우카에게 선사할 모멸감!

모든 게 너무나 흡족했다.

자비에는 평생을 두고 오늘을 잊지 못할 거라 생각했다. 어떤 대단한 연구의 성과보다 지금 이 순간이 더 값졌기 때문이다.

자비에의 강팍한 얼굴에는 실로 오랜만에 환한 미소가 꽃 폈다.

'샤렌! 그놈이야말로 내게는 다방면으로 보물 이상인 녀석이로군.'

2

아스카가 떠났다.

그녀가 떠나기 전, 샤렌은 처음으로 노래하지 않는 그녀의 목소리를 들었다. 눈물을 삼키며 노래하듯 말할 수는 없었나

92

보다.

그것으로 샤렌은 아스카의 진심을 받아들였다. 필시 그녀로서는 자신을 이곳에서 빼내기 위해 최선을 다했으리라.

아스카의 정황 설명 속에서 샤렌은 청염의 성위, 이오나를 떠올렸다. 이오나가 성전을 수행해야 할 사명을 지닌 것처럼 아스카 역시 삭월의 일원으로서 우선해야 할 일이 있었던 것이다.

떠나는 아스카는 말했다.

반드시 은혜를 갚겠다고.

꼭 돌아오겠다고.

기약없는 약속이지만, 샤렌은 아스카의 말 그대로를 받아들였다. 비록 얼굴 한 번 본 적 없지만 그녀의 말이 모두 진심임을 알고 있었기 때문이다.

그녀가 떠나기 전 샤렌은 말했다.

"당신은 이미 충분히 은혜를 갚았어요."

아니라고 아스카가 대답했다.

"정신을 차린 후 칠 일의 시간 동안, 내가 당신의 목소리를 듣지 못했다면… 난 고통에 겨워 미쳐 버렸을지도 몰라요."

아스카는 침묵했다.

샤렌은 또 말했다.

"당신이 희망을 주지 않았다면 내 스스로 목숨을 끊었을지도 모르는 일이고요. 그러니 당신은 이미 충분한 보답을 했답니다."

[샤를로엔님! 앞으로도 절대로 포기하지 마세요! 절대로!]

그리고 샤렌은 더 이상 아스카의 목소리를 들을 수 없었다. 기약없는 약속만을 남겨두고 그녀와 그녀의 일행이 떠난 것이다.

3

"홋! 별달리 아쉬운 표정이 아니군."

실험실에 들어와 태연히 무릎을 꿇고 앉는 샤렌을 보며 자비에가 말했다. 아스카가 떠난 것을 말하는 것이다.

"지금도 나쁘진 않으니까요."

샤렌이 담담히 대답했다.

"하긴 요즘 칼질이 좀 뜸하긴 했지."

"그만큼 성과도 있었지요."

말하는 주체가 실험 대상일 뿐임을 감안하면 꽤나 불손한 대꾸였다.

하지만 자비에는 인상을 구기지도, 거북한 목소리를 높이지도 않았다. 샤렌으로 인해 저 시우카의 코를 납작하게 했음을 기억했기 때문이었다.

그렇다고 실험 대상 따위에게 마냥 만만해 보일 수는 없었다.

“시건방진 소리 하지 말고 어서 시작하기나 해!”

아스카도 떠난 마당에 더 이상 자비에를 자극해서 좋을 게 없기에 샤렌은 묵묵히 지시를 따랐다.

“수인(手印)의 모양 똑바로 안 잡아?”

자비에의 잔소리에 샤렌은 손의 모양을 다시 잡았다. 감응의 단계가 지나자 손가락으로 특정한 모양을 취하는 수인의 형태도 바뀌었다.

하온의 움직임을 유도하기 위한 수인은 양손을 포개는 방식이었다. 손바닥을 아랫배에 대고 포개면서 양쪽 엄지가 반대쪽 손으로 겹쳐지게 했다. 이렇게 하면 위에서 바라보면 손과 손이 맞물린 모양이 ‘S’ 자를 그리고 손 전체는 둥근 모양을 그려낸다.

자비에는 그 모양을 타이루트라 불렀다. 우주의 신비를 함축한 타이루트는 무한(無限)의 의미를 내포하고 있으며 이는 곧 체내의 에너지가 추구해야 하는 지향점이기도 했다.

샤렌은 타이루트의 형상을 취한 수인을 결하고 호흡을 골랐다. 일정하고 잔잔한 호흡과 함께 이미 감응한 하온을 자비에가 알려준 길을 따라 미간으로 되돌리고자 했다.

애초 치유와 회복이 우측에서만 이뤄지는 것을 본 자비에는 샤렌의 하온이 우측 반신에만 몰려 있다고 가정했었다. 그의 추측은 옳았다. 샤렌이 감응한 하온은 우측에서 뿐이었다.

자비에는 하온을 원래의 자리로 돌려야 한다고 했다.

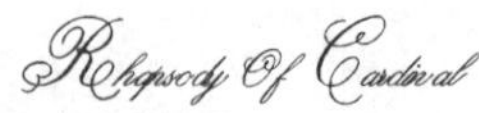

미간의 상단.

샤렌이 봤던, 자비에의 제3의 눈이 있던 자리가 바로 하온이 뭉쳐 있어야 할 곳이었다. 하온은 그곳에서 출발해 전신을 돌고 다시 제자리로 돌아가야 하는 것이다.

호흡을 고르는 샤렌은 더없이 조심스레 하온의 이동을 시도했다.

감응과 운용은 확연히 다르다.

만약 크레논의 운용법이 하온과 맞지 않는다면 위험한 결과를 초래할 수도 있는 일.

샤렌으로서는 긴장하지 않을 수 없었다.

긴장감 때문일까?

감응된 하온은 샤렌의 의지와 달리 좀처럼 움직일 생각을 하지 않았다. 이마 반쪽에 퍼져 있는 하온 중 미량만이 반응하는가 싶더니 곧 제자리로 돌아갔다.

샤렌은 무리하지 않았다. 조심스러워해야 하는 것은 물론이거니와 지금의 샤렌으로서는 급할 게 없었다. 자비에가 연구의 결과를 빨리 낼수록 자신에게 닥쳐올 위험도 빨리 찾아오게 된다.

그 위험에 대한 해결책을 강구하기 전까지는 서두를 필요가 없는 것이다.

4

"마, 말도 안 돼."

카랑카랑, 쇳소리를 연상시키던 자비에의 음성이 떨려 나왔다. 세상 모든 비밀의 뒤편을 뚫어볼 것만 같던 그의 시선도 흔들리는 중이다.

무릎을 꿇고 단정히 앉아 있는 적발화안의 유리족 때문이다.

더 정확히 말하자면 그 유리족의 미간 바로 위, 이마의 한가운데서 발하는 빛 때문이었다. 금빛 모래와 같이 반짝이는 빛은 흐릿한 형태를 지니고 있었다.

그것은 눈[眼].

흐릿하긴 해도 자비에의 미간 상단에 있는 것과 같은 모양이었다.

'벌써 영시안(靈視眼)이 떠진다는 건가? 대체 얼마나 많은 하온이 이 녀석의 몸에 있다는 건가?'

아직까지 내부의 움직임에 몰입해 있는 샤렌을 바라보는 자비에는 혼란에 빠졌다.

100년.

각각의 재능에 따라 차이가 있긴 하지만 평균적으로 제천의 후예들이 영시안을 뜨는 '개안(開眼)의 축일(祝日)'을 맞이하기까지 걸리는 시간이다.

제천의 후예는 개안의 축일 이후에야 성인으로 인정을 받는다. 이때가 바로 부모의 보호에서 독립을 해야 하는 시기이기도 하다. 개안을 해야만 당당한 제천의 일원으로서 서천하에 살아갈 수 있는 것이다.

크레논의 축적과 운용, 신체적 조건에 있어서 지상 최고임을 자부하는 제천의 후예였다.

그런 자신들조차 영시안의 개안을 위해서 100년의 시간을 필요로 한다. 영시안의 개안은 기술적인 문제가 아니라 크레논의 양의 문제였기 때문이다.

한데 유리족인 샤렌이 개안을 했다. 제천의 후예가 100년에 걸쳐 모은 크레논만큼의 하온을 가지고 있다는 뜻이다.

'대체 순정의 하온이라는 물건에 얼마나 많은 양의 에너지가 모여 있었던 거야?'

자비에는 순정의 하온이라는 물건이 새삼스레 놀랍게 여겨졌다. 용기 바깥쪽까지 영향을 끼칠 정도니 적은 양은 아니리라 생각했다. 그렇다고는 해도 영시안의 개안에 이를 정도까지의 양이라고는 미처 생각지 못했다. 근본적으로 자비에는 유리족의 능력을 경시했기 때문이다.

"뭔가 잘못된 건가요?"

어느새 눈을 뜬 샤렌이 물었다. 자비에의 떨리는 목소리를 듣고는 즉시 하온의 운행을 중단한 것이다.

자비에는 잠시 샤렌을 응시하다가 입을 열었다.

"잘못된 것은 없다. 영시안을 떴을 뿐이야."

"영시… 안 아! 제 이마에도 눈이 생겼던 건가요?"

자비에는 고개를 끄덕인 다음 질문을 했다.

"하온이 뜻대로 잘 움직이지 않는다고 하더니… 이제는 제법 움직일 수 있나 보군. 영시안을 만들어낼 정도로 한데 모으다니……."

자비에의 말속에서 샤렌은 또 다른 정보를 얻어냈다.

'영시안을 뜨기 위해서는 많은 에너지가 필요하다는 뜻이군. 하지만 당신 추측은 틀렸어.'

하온은 여전히 샤렌의 의지에 완고한 대응을 보이고 있었다.

처음에 비해 많은 양을 움직일 수 있다고 하나, 우측 반신에 흩어진 양에 비하면 그야말로 새 발의 피일 뿐.

여전히 제자리에 머물러 움직이질 않는 것이다.

그러나 샤렌은 곧 고개를 끄덕였다.

"처음에는 익숙지 않았는데 워낙 잘 가르쳐 주셔서 해낼 수 있었네요."

거짓말을 하는 데는 이유가 있었다. 언제 돌아올지 모르는 아스카에게 모든 것을 걸 수는 없는 상황이다. 샤렌으로서는 자비에는 모르고, 자신은 아는 뭔가가 필요했다. 그 뭔가가 자신의 생명을 지킬 변수가 될 수 있다고 생각했기 때문이다.

이로써 두 가지의 변수를 만들었다.

첫째는 하온의 효능이다. 샤렌은 자비에에게 마법의 능력을 치유와 회복에만 국한시켜 말했다.

둘째가 바로 자신이 실제로 지닌 하온의 양이었다. 극히 일부에 불과한 하온의 양을 전체인 듯 가장한 것이다.

이마에 영시안을 만들어 보인 것만으로도 저렇듯 놀라는 것을 보면 그 현상을 만들어낼 수 있는 양도 적지 않다는 뜻.

실제로 자신이 지닌 하온의 양은 엄청나다는 이야기였다. 이로써 두 가지의 변수가 자신의 구명줄이 되리라는 샤렌의 확신은 깊어졌다.

"흠, 흠! 내가 원래 마음먹으면 가르치는 것도 잘하지. 하지만 그렇게 흐릿한 영시안으로 할 수 있는 것은 아무것도 없어. 더구나 영시안은 에너지의 양을 드러낼 뿐. 네 녀석은 아직 체내에서 하온을 순환시키는 것조차 할 수 없는 주제에 불과하다는 사실을 잊지 마라."

자비에는 애써 근엄한 표정을 유지했지만, 좋아하는 기색이 역력했다. 여자에게 있어서 칭찬은 만병통치약이다. 그런 여자들을 상대해 온 샤렌의 아부는 매끄러울 수밖에 없었다. 은근히 모든 공을 자비에에게 돌리는 것쯤은 식은 죽 먹기였던 것이다.

"네."

샤렌은 짐짓 기가 죽은 척, 풀 죽은 표정으로 대답했다. 자비에의 근엄한 말을 명심하는 척 연기하는 것이다.

당연히 내심을 달랐다. 자신의 체내에 막대한 가능성을 지

닌 하온이 있음을 알게 된 것이다. 삶을 향한 길이 훨씬 넓어
졌다는 뜻이었다.

　샤렌은 기쁨을 억누르기 위해 인상을 썼고, 그 표정은 자비
에의 엄한 가르침(?)을 받은 지금과 제법 잘 어울렸다. 자비에
로서는 연기에 능숙한 샤렌의 속내를 눈곱만큼도 짐작할 수
없었다.

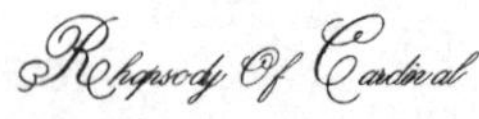

Chapter 5

Rhapsody Of Cardinal

1

"이런 멍청한 놈! 벌써 열흘이다, 열흘! 어떻게 영시안을 뜬 놈이 혈맥에 하온을 돌리는 것조차 못하고 있냔 말이다!"

자비에의 쇳소리 섞인 목소리가 날카롭게 샤렌의 귀를 파고들었다.

샤렌이 영시안을 만들어 보인 지 벌써 열흘째.

영시안은 처음에 비해 훨씬 선명하고 제대로 모양을 갖췄다.

문제는 영시안이 아니었다. 혈맥을 타고 하온을 돌려야 하는데 전혀 진전을 보이지 못하고 있는 것이다.

그나마 하온의 운행이 가능한 곳은 오른쪽뿐.

좌측 반신으로는 하온이 움직일 생각을 않고 있었다.

"무리하지 말라면서요?"

샤렌은 억울한 표정을 지었다.

"아무래도 네놈이 요즘 너무 편했던 모양이다."

자비에의 눈매가 표독스레 변했다.

"설마……?"

자비에는 샤렌의 반응에 신경조차 쓰지 않고 오른손을 뻗었다.

동시에 그의 이마에 영시안이 열리고 손가락에서 금색의 실이 뻗어 나왔다.

금빛 세사가 읽아매어 자비에의 손으로 가져온 것은 그가 샤렌을 향해 수도 없이 사용했던 해부용 칼이었다.

"다른 방법을 찾아보죠."

샤렌이 애써 웃음을 지으며 자비에를 달래려 했다. 웃음과 아부, 자비에의 심리적 허점을 이용해 지난 열흘 동안 탈없이 지내왔던 것이다.

하지만 이번에는 통하지 않았다. 이미 그의 몸은 허공으로 떠오르는 중이었다. 자비에의 손끝에서 뻗어 나온 금색의 실이 만들어낸 조화였다.

"상처의 고통을 없애고 싶으면 한시라도 빨리 왼쪽으로 하온을 보내는 게 좋을 거야."

자비에가 손짓으로 허공에 뜬 샤렌을 잡아당기며 말했다.

Rhapsody Of Cardinal

다급해진 샤렌이 외치듯 말했다.

"통증으로 인해 집중을 못할 수도 있다고요! 그러다가 운행에 실수가 생기면 어쩔 거예요?"

버럭 내지른 소리에 샤렌의 이동이 멈췄다.

자비에의 미간이 좁혀졌다. 일리가 있는 말이었다. 엄청난 양의 하온을 운행하기에 샤렌의 컨트롤은 미숙하기 짝이 없다. 사실 걸음마를 막 뗀 아이가 위태롭게 하늘을 날아오르고 있는 것과 다르지 않았다.

그런 와중에 집중마저 못한다면 위험한 사태를 초래할 수도 있는 것이다.

잠시 후, 자비에의 눈썹이 제자리를 찾았다. 얇은 입술은 호선을 그려냈다.

"동기는 부여하되, 집중은 방해하지 않으면 되지."

"에? 그게 무슨……?"

샤렌의 질문이 채 끝나기도 전.

자비에는 손가락질로 샤렌을 끌어당겼다.

그리고…….

푹!

자비에의 손에 들린 칼이 샤렌의 왼쪽 허벅지를 파고들었다.

"아악!"

샤렌의 입에는 비명이, 허벅지에서는 피가 터져 나왔다.

그사이 자비에는 다시 허공에 대고 손가락질을 해댔다. 실타래에서 풀려 나온 실처럼 뻗어나간 금빛 실은 선반에서 유리로 된 병 하나를 끌고 왔다.

"별로 깊이 찌르지도 않았어. 엄살떨지 마."

냉혹한 자비에의 말에 샤렌은 속으로 자신이 알고 있는 모든 욕을 퍼부었다.

자비에는 병의 뚜껑을 열더니 갈색의 반투명한 내용물을 손가락으로 찍어냈다.

이어 샤렌의 허벅지에 난 상처 주위에 진득한 갈색 내용물을 발랐다.

"어?"

잔뜩 인상을 찌푸리고 있던 샤렌의 미간이 펴졌다. 상처의 통증이 거짓말처럼 사라진 것이다.

영문을 모르는 샤렌의 시선을 받은 자비에가 말했다.

"유리족에게도 효과가 있는 마취약이다."

샤렌은 아래를 내려다봤다. 통증은 사라졌으나 출혈은 여전히 계속되고 있었다.

"기왕 약을 사용할 거면 미리 마취를 하고 상처를 내도 됐잖아요."

"흥! 그러면 무슨 자극이 되겠냐?"

콧방귀를 뀌며 말하는 자비에를 향해 샤렌은 또다시 내심으로 욕설을 퍼부었다.

"상처를 빨리 치료하고 싶으면 어서 하온을 왼쪽으로 보내 도록 해!"

샤렌을 땅에 내려놓으며 자비에가 말했다.

이어 몸을 돌리는 자비에.

샤렌은 그런 자비에의 뒤통수를 후려치고 싶은 욕구를 가 까스로 억눌렀다. 어차피 성공하지도 못할뿐더러 괜히 화를 자초할 뿐임을 알고 있기 때문이다.

샤렌은 제자리에 무릎을 꿇고 앉았다. 하온이 제대로 움직 여 주지 않는다고 해서 치료약을 내어줄 자비에가 아니었다. 최대한 빨리 하온을 움직여 스스로 회복하는 게 우선이었다.

수인을 결한 샤렌은 눈을 반개하고 하온의 운용에 들어가 기 시작했다.

'제발 움직여다오……!'

이대로 가다가는 앞으로 몸에 얼마나 많은 상처가 날지 모 를 일이니 절박해질 수밖에 없었다. 자비에의 극단적인 처방 이 적어도 심리적 효과는 있었던 것이다.

2

누군가에게는 무식하기 짝이 없는, 그리고 누군가에게는 지극히 당연한 방법은 결과적으로 상당한 효과를 냈다.

물론 처음부터 잘되었던 것은 아니다. 반개한 눈 사이로 보이는 상처로 인해 샤렌은 좀처럼 집중하지 못했다.

하지만 통증이 전혀 느껴지지 않는 중에 상처 치료의 의지가 강렬해지자 효과는 드러나기 시작했다. 영시안에 모였던 양과는 비교할 수도 없는 소량이었지만, 드디어 하온을 좌측 반신으로도 움직일 수 있게 된 것이다.

허벅지에 상처가 난 지 3일 만의 쾌거였다.

샤렌은 뛸 듯이 기뻐했다.

하지만 그뿐이었다.

혈맥을 따라 허벅지에까지 하온을 보냈음에도 상처 치유 속도에는 별다른 변화가 없었던 것이다.

"보냈다며?"

자비에가 독사처럼 번득이는 눈으로 물었다.

"갔어요."

샤렌은 우울한 표정으로 대답했다.

"근데 왜 이래?"

"제가 알아요?"

자비에가 눈살을 찌푸렸다. 샤렌의 건방진 어조 때문이 아니었다. 하온이 아무런 작용을 하지 않은 것에 대해 생각을 하는 것이다.

한참을 골똘히 생각하던 자비에가 손을 움직였다.

"으악! 뭐 하는 거예요?"

놀란 샤렌이 버럭 소리를 질렀다. 자비에가 번개처럼 칼을 휘둘러 우측 팔에 상처를 낸 것이다.

"살갗에만 상처를 냈을 뿐이야."

"아무리 그래도 그렇지!"

샤렌은 인상을 썼다. 자비에의 말대로 상처는 얕았다. 쓰라린 느낌이 들긴 했지만 그뿐이었다.

"하온을 이쪽 상처로 보내봐."

자신의 몸을 아무렇게나 다루는 자비에가 못마땅했지만 일단은 시키는 대로 하는 샤렌이었다.

어느 정도 하온을 운용하는 데 익숙해진 샤렌은 타이루트의 수인을 결하자마자 영시안을 떴다.

그리고는 팔의 상처 쪽으로 하온을 이동시켰다. 의도적으로 하온을 움직인 탓인지 상처 주변에 산재해 있던 하온도 반응하는 듯 보였다.

"하나, 둘, 셋……."

자비에는 영시안이 생기자마자 수를 헤아렸다.

"다섯!"

숫자는 거기까지였다.

놀랍게도 샤렌이 하온을 운용하고 다섯까지 세자 출혈이 멈췄다.

그리고 여섯을 셌을 법한 시간에 상처의 딱지가 떨어졌다.

"세상에……!"

자비에는 뒷말을 잇지 못하고 입만을 벙긋거렸다.

아무리 가벼운 상처였다지만, 고작 다섯을 세는 사이에 완벽하게 치유되는 모습에 놀라고 만 것이다.

"정말 아이모탄이 있다 해도 이럴 수 있을까?"

멍한 상태에서 중얼거리는 자비에였다.

그 말을 들은 샤렌은 고개를 갸웃거렸다. 아이모탄이라는 단어는 샤렌도 알고 있다.

하지만 지금의 상황과 아이모탄이 무슨 관련이 있는지 알 수가 없었던 것이다.

이는 모리엔트에 전해지는 신화와 세키나 교에서의 가르침이 다르기 때문이었다.

모리엔트에서의 아이모탄은 불사의 꿈이다.

하지만 세키나교에서는 신앙의 대가였다. 심판을 통해 선한 자로 판명된 영혼은 천국에 올라 아우티카의 곁에 머문다. 이 영혼은 소멸되지 않고 영원토록 존속되는데, 그 상태를 아이모탄이라고 부르는 것이다.

이처럼 같은 단어였으나 뜻이 다르니 샤렌으로서는 자비에가 중얼거린 말을 이해할 수가 없었던 것이다.

"어디 다시 한 번 볼까?"

"잠깐!"

샤렌은 수인을 풀며 재빨리 자비에에게 외쳤다.

"뭐냐?"

"오른쪽은 속도만 재면 되는 거잖아요."

"근데?"

"왼쪽하고는 상황이 다르니까 마취약… 먼저 바르죠."

분명히 조금 전보다 깊이 상처를 낼 게 뻔했다.

더 심한 고통이 느껴질 것은 당연한 일.

제아무리 상처가 빨리 치유된다 해도 상처를 입는 순간의 통증은 피하고 싶은 샤렌이었다.

자비에는 별다른 반응을 보이지 않았다. 샤렌의 말대로 이번 실험은 마취를 하건 말건 결과에 차이가 없었기 때문이다.

샤렌은 승낙의 뜻으로 받아들이고는 재빨리 선반으로 달려가 팔뚝에 마취약을 발랐다.

그는 빠른 속도로 스며드는 마취약을 확인하고는 자비에에게로 돌아가 팔을 내밀었다.

"자, 이 부분이에요."

행여 마취약을 바르지 않은 부분에 상처가 날까 염려한 샤렌은 손가락으로 마취약을 바른 곳을 가리켰다.

그리고 고개를 돌려 자신의 팔을 외면했다.

아무리 통증이 느껴지지 않는다 해도 자신의 피부가 갈라지고 피가 흐르는 모습을 보고 싶지 않았던 것이다.

잠시 후 샤렌의 귀에 자비에의 거북한 목소리가 들렸다.

"하온을 운용해라."

아무런 감각도 없었는데 그새 상처를 낸 모양이었다.

샤렌은 무릎을 꿇고 앉으며 팔의 상처를 살폈다.

“엑? 무슨 피가 이렇게 많이 나요?”

상처가 얼마나 깊은지 폭포가 흐르듯 쏟아지는 피였다.

“빨리 운용이나 해!”

불평을 하기보단 빨리 상처를 없애는 쪽이 유리할 터.

샤렌은 다급하게 수인을 맺고는 호흡을 골랐다.

“하나, 둘, 셋…….”

샤렌의 이마에 영시안이 떠오르자 자비에는 다시 수를 헤아리기 시작했다.

3

“아무래도 활성화까지 진행을 시켜봐야 제대로 알 수 있겠군.”

“활성화요?”

“그저 하온이 혈맥에 이르게 하는 것과 하온을 실제로 사용하는 것에는 차이가 있으니까.”

지금의 샤렌으로서는 이해할 수 없는 자비에의 설명이었다.

“당분간은 암혈에서 가르쳐 준 혈맥으로 하온을 돌리는 일에만 충실하도록 해. 의식하지 않아도 자연스레 혈맥이 네 몸을 돌기 시작하면 그때 본격적으로 활성화를 시켜볼 테니까 말이야.”

"네."

샤렌은 지체없이 대답했다. 당분간 괜히 상처를 내는 불행을 겪지 않아서가 아니었다.

샤렌은 체내에 하온을 순환시키는 일에 흥미를 느꼈다. 그 양이 조금씩 늘어나는 것은 물론이거니와 전신의 혈맥을 따라 한 바퀴를 돌릴 때마다 몸이 개운해지고 정신이 맑아지는 게 느껴졌다.

이를 샤렌은 또 다른 변화의 징조로 생각했다.

그의 생각은 틀리지 않았다는 것이 드러나는 데는 오랜 시간이 걸리지 않았다.

4

하온의 순환에 집중한 샤렌은 시간이 가는 줄을 몰랐다. 순환을 할수록 움직이는 하온의 양이 많아졌고, 순환을 마치고 난 후의 상쾌함 역시 짙어졌다.

"후우……!"

영시안 쪽의 하온을 전신으로 한 바퀴 순환을 마치며 샤렌은 긴 숨을 토해냈다.

'마지막으로 한 번만 더 해볼까?'

하온의 순환 덕에 쉽게 피로는 오지 않는다. 수면 시간이 크게 줄고 순환에 매진할 시간이 한참이나 길어졌다. 그렇다고 아예 잠을 자지 않을 수는 없었다.

이에 잠을 자기 전 마지막으로 한 번 더 순환을 하려는 것이다.

샤렌은 타이루트의 형으로 수인을 결하며 다시금 호흡을 골랐다.

반개한 눈 위쪽으로 금빛의 새로운 눈이 그려졌다.

영시안을 뜨자 체내의 하온이 금빛으로 일렁이는 게 눈에 보이는 듯했다. 자비에가 '인퓨어'라고 부른 현상이었다.

인퓨어는 실제 하온과 직결된 이미지로써 감응의 다음 단계랄 수 있었다. 인퓨어를 통해 보다 세심하게 하온을 운용할 수 있게 되는 것이다.

샤렌은 조심스레 하온의 움직임을 시도했다. 그의 의지를 좇아 하온은 미간으로 흘러내려 갔고, 곧이어 인중을 지나 턱 아래로 향했다. 목을 거친 하온은 곧 가슴과 아랫배를 통과해 회음부에 이르렀다. 등 뒤로 돌아간 하온은 척추를 타고 올라 후두부를 돌아 다시금 영시안으로 향했다.

설명은 짧았으나 실제로 하온이 샤렌의 정수리 근처에 이르는 데까지는 꽤 오랜 시간이 걸렸다.

한 번의 순환이 끝날 때마다 움직이는 하온의 양이 많아지는 중이었다. 이번에는 제법 많은 양의 하온이 움직이니 이전보다 조심스레 운행을 해야 했다. 시간이 오래 걸릴 수밖에 없는 것이다.

샤렌이 마지막까지 주의를 기울이며 한 바퀴를 돌아온 하온을 영시안 뒤쪽에 다시 모았다.

문제는 거기서부터 시작되었다.

원래대로라면 영시안 뒤쪽의 하온은 제자리를 잡고 얌전히 머물러야만 했다.

한데 실제는 그러지 않았다. 영시안의 위치에서 하온이 소용돌이를 치듯 회전하기 시작한 것이다.

이상한 기미를 느낀 샤렌은 최대한으로 동요를 자제했다. 하온의 순환 중에 마음이 흔들리면 부작용이 있다는 사실을 알기 때문이다.

그는 가급적 침착하게 호흡을 고르며 이상한 움직임을 보이는 하온을 진정시키고자 했다.

하지만 일정한 호흡이 유지되고, 정신에도 흐트러짐이 없는데 하온은 좀처럼 그의 뜻을 따르지 않았다. 오히려 시간이 지날수록 하온의 소용돌이는 거세지기만 했다.

'뭔가 잘못됐어.'

의지를 따르는 하온의 양이 늘어가는 것에 신나했던 샤렌이다. 마지막인지라 운행의 양을 최대한으로 이끌었는데 아무래도 그게 탈이 난 모양이었다.

하온의 소용돌이는 그 기세를 더하더니 크기마저 커져 갔다.

그리고는 주변의 하온마저 끌어들여 더 크고 강하게 변했다.

샤렌의 이마에서 식은땀이 흘러나오기 시작했다. 마치 마른풀에 불이 붙듯 하온의 소용돌이가 걷잡을 수 없이 번져 가는데, 자신은 아무것도 할 수 없었기 때문이다.

'그만 돌고 모여라, 제발!'

샤렌의 바람은 헛되기만 했다. 하온을 영시안으로 되돌리고자 하는 그의 의지에 반하기로 작정을 한 듯했다.

이제는 목 위에 있는 하온 전부가 합쳐졌다. 아무리 모으려 해도 다 모을 수 없던 하온이 제 스스로의 움직임에 휘말려 한데 모인 것이다.

샤렌은 당황하지 않을 수 없었다. 안 그래도 통제를 벗어난 하온의 양이 저렇듯 많아지자 두려움이 절로 일었던 것이다.

'흔들리면 안 돼!'

하온의 운용에 무엇보다 중요한 것은 평정심이다. 기이한 현상이 일고 있지만 아직까지 특별한 문제가 발생하지는 않았다. 침착하게 대처해 문제를 풀어야지, 당황해 스스로를 망치는 결과를 만들 수는 없었다.

조금의 여유를 찾은 샤렌은 이제는 목 위 전체를 휘도는 하온의 움직임을 살폈다. 처음에는 태풍처럼 휘몰아치고 있다고 생각했던 하온이었다.

하지만 침착하게 살피니 거대한 원을 그리다가 안으로 곡선을 그려내며 휘고, 다시 밖으로 나와 원을 그리길 반복했다. 끊임없는 회전 속에 일정한 틀을 그려내는 것이다.

문득 샤렌은 하온의 움직임이 낯이 익다는 사실을 깨달았다.

'설마 이건……?'

하온의 회전은 지금 자신의 손이 만들어낸 형태와 같다.

우주와 무한을 상징하는 수인.

그가 머릿속에 그려낸 것은 타이루트였다.

샤렌이 타이루트의 모양을 정확히 떠올리는 그 순간.

인퓨어로 내면을 살피던 샤렌의 눈에 소용돌이치는 하온과 기억 속의 타이루트가 하나로 합쳐졌다.

그리고…….

콰앙!

오직 샤렌의 귀에만 들리는 엄청난 굉음이 발생했다.

그것은 분명 폭발이었다.

찬란한 금빛의 폭발.

샤렌은 시야를 가득 채운 빛을 봤다.

빛의 급작스러운 확장.

그 속에서 샤렌의 머릿속 모든 것이 지워져 간다. 그 어떤 생각조차 떠올릴 틈이 없었다.

샤렌이 할 수 있는 것은…….

오직 금광(金光)의 향연을 바라보는 것뿐.

저 찬란한 빛의 물결이 내포한 아름다움도, 조금 전까지의 다급했던 위기감도, 덧없이 흐르는 시간에 대한 감각도… 샤

렌은 모두 잊었다. 아니, 잊을 수밖에 없었다. 머릿속 내부의
폭발이 모든 것을 앗아가 버린 것이다.

5

"으음……?"

볼에 와 닿는 서늘한 감촉에 샤렌은 눈을 떴다. 윤기가 흐
르는 돌이 보인다. 샤렌이 갇혀 있던 암혈의 바닥이다.

시야를 회복하자 돌바닥의 한기가 좀 더 선명히 느껴진다.
돌바닥의 차가움이 샤렌의 정신을 되돌리는 데 자극이 되었
다.

"아!"

샤렌은 그제야 자신의 상태를 깨달았다. 하온을 운용하다
가 정신을 잃었던 것이다.

재빨리 상반신을 일으킨 그는 몸을 살폈다. 외견상 특별한
이상은 없었다.

그는 무릎을 접고 체중을 실었다. 겉으로만 살피고 안심할
때가 아니니 몸을 세우려는 것이다. 행여 하온으로 인한 다른
이상이 없는지 몸을 이리저리 움직여 전신의 상태를 확인해
야만 했다.

샤렌이 몸을 일으키기 위해 다리에 힘을 주어 굽혔던 무릎
을 펴는 순간이었다. 바람을 가르는 소리가 샤렌의 귀에 휘몰

아쳤다.

난데없는 현상에 놀라는 것도 잠시.

콰앙!

요란한 소리와 함께 정수리에서 느껴지는 통증에 샤렌은 절로 신음을 흘렸다.

"크윽!"

눈앞이 아득해지는 통증.

이어 철푸덕 바닥에 내동댕이쳐지는 몸으로 인해 두 번째 통증을 느껴야 했다.

"뭐, 뭐야?"

샤렌은 찔끔 흘러나온 눈물을 닦아내며 자신의 다리를 살폈다.

그저 몸을 일으키려 했을 뿐인데……?

용수철처럼 튀어 오른 몸이 허공으로 치솟았다.

샤렌의 고개가 암혈의 천장으로 향한다. 천장은 자신의 키보다 두 배 정도 되는 높이다.

'내가 저기까지 뛰어올랐다고?'

작정하고 뛰어도 키의 두 배나 되는 높이에 이를 수 없다. 적어도 예전의 자신은 그랬다.

샤렌은 다시 몸을 일으켰다. 자칫 위로 솟구칠 것을 염려해 이번에는 최대한 조심스레 힘을 주었다.

몸을 세운 그는 다시 천장을 살폈다.

이어 무릎을 약간 굽혔다.

살짝, 정말이지 살짝!

다리에 힘을 주어 점프를 시도하는 샤렌.

휘이익.

다시금 바람을 가르는 소리가 귓가를 스쳤다. 위로 솟구치는 몸의 속도가 지나치게 빨랐다.

샤렌은 본능적으로 고개를 숙이며 양팔로 머리를 감쌌다.

투웅.

둔탁한 소리와 함께 천장에 부딪쳤던 샤렌이 다시 바닥으로 떨어졌다.

팔이 얼얼할 정도의 통증이 느껴졌다.

하지만 샤렌은 인상을 찌푸리지 않았다.

오히려 입매에 미소를 그려냈다.

전화위복까지는 아니겠지만 뭔가 잘못되었다고 생각했던 하온의 이상 현상이 긍정적인 변화를 만들어냈다. 저 정도의 높이를 가볍게 뛰어오른다는 것은 바라카를 운용하는 기사에게나 가능한 일이다.

샤렌의 머릿속에 떠오른 하나의 영상.

이오나를 대신해 영참의 도에 당했을 때였다. 당시 자신은 분명 초인적인 힘을 발휘했다. 은익의 성휘족조차 놀랄 만큼 빠르게 움직인 것이다.

그리고 지금, 샤렌은 그때를 재현할 가능성을 만들어냈다.

Rhapsody Of Cardval

이는 곧 자비에의 마수에서 벗어날 가능성이 한층 더 크게
증가했다는 뜻이었다. 자비에가 지켜보고 있지 않은 지금 그
가 웃지 않을 이유가 없었다.
"하하……."
소리없는 미소에서 작은 웃음으로.
"하하하하핫!"
그리고 가슴속부터 울려 나오는 커다란 웃음으로 샤렌의
기쁨은 자라났다.

Chapter 6

Rhapsody Of Cardinal

1

자비에가 샤렌을 실험실로 다시 불러들였다.

샤렌이 신체의 변화를 체감한 사흘 뒤.

갑작스런 신체의 변화에 충분히 익숙해진 후의 일이었다.

물론 자비에에게는 이야기하지 않았다.

"어째서 세심한 순환에 주의를 해야 하는지 이젠 알겠지?"

자비에는 장장 다섯 시간에 걸쳐 하온의 활성화에 대한 강론을 펼쳤다.

한 장의 그림을 놓고 펼쳐진 이론 수업.

아카데미 시절을 생각하면 졸고 또 졸 법한 지루한 내용의 연속이었지만 샤렌의 붉은 눈에는 생기가 가득했다. 하온의 효능을 확인한 후인지라 그는 더더욱 의욕을 불태울 수밖에 없었던 것이다.

"그러니까 수인을 대신해 몸 전체를 타이루트로 삼아야 하는 거군요."

샤렌은 지금껏 들은 자비에의 강론을 정리했다.

자비에가 인상을 찌푸렸다.

"그건 이론상의 궁극적인 도달점이고!"

자비에는 당부하듯 샤렌에게 다시금 하온의 활성화에 대한 설명을 했다.

"일단은 체내에서 하온이 이동할 때 끊임없는 회전을 일으켜 타이루트의 형상을 쫓게 하라는 거야. 이것이야말로 우리 제천의 후예들이 크레논을 다루는 방법의 요체라고 할 수 있는 거지."

자비에의 표정에 자부심이 넘쳐흘렀다.

"그런데 하온을 이동하는 데도 온 신경을 집중해야 하는데, 몸을 움직이면서 어떻게 회전까지 만들어낼 수 있다는 거죠?"

의문나는 사항은 모조리 질문하라고 말한 자비에였으니 샤렌은 망설이지 않고 물었다.

"멍청아! 누가 너보고 몸을 움직이면서 하온을 운용하는 경지에 오르래? 그저 네게는 길을 익히고 닦으라는 것뿐. 대체 무슨 이야기에 집중을 한 거야?"

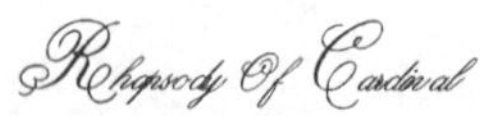

자비에의 이론 강의가 계속되는 중, 샤렌은 계속해 질문을 던졌다. 어쩐지 초보적인 내용만을 강조하는 자비에의 밑천을 좀 더 끌어내기 위해서였다. 샤렌의 지향점은 하온의 초보적 운용에 있지 않았던 것이다.

지금의 질문 역시 숙달된 경지에 관한 것이었다.

"기지도 못하는 놈이 뛰어다니는 이야기에 신경 쓸 필요는 없어. 네놈은 그저 두 눈 똑바로 뜨고 이 그림을 봐둬. 이 선들의 흐름을 똑똑히 기억하고, 반드시 이 그림에 그려진 경로를 통해 하온을 움직이란 말이야."

자비에가 기초를 강조하는 이유는 샤렌의 올바른 수련을 위해서가 아니었다. 그로서는 하온을 활성화만 시키고 그 후의 현상을 관찰하고플 뿐이었다.

연구의 결과에 집착하는 자비에로서는 당연한 일이었다. 다른 곳에 신경을 쓰면서 체내의 에너지를 활성화시키려면 실로 오랜 시간을 필요로 한다. 샤렌이 그 경지에 오르려면 얼마나 많은 세월을 보내야 할지 모르는 일인 것이다. 그때를 기다려 연구를 하기엔 시간이 아까웠다. 샤렌이 자신에게 아이모탄이 되어줄 가능성을 찾은 지금이기에 더욱 그랬다.

"제대로 된 이치를 알아야 수련에 임하죠. 잘 모르고 덤벼들었다가 자칫 잘못되기라도 하면 어떻게 해요."

샤렌이 답답하다는 표정을 짓자, 자비에의 눈 끝이 샐쭉 찢어졌다.

　"제천의 후예들이 사용하는 '길을 닦는 법'이 달리 우주의 신비를 반영했다고 칭송받는 줄 알아? 우리 일족이 크레논을 활성화시키는 방법은 전 우주에 유일무이한 거야. 그로 인해 우리 일족이 위대하다 칭송받는 거고. 그러니까 넌 시키는 대로 하기만 하면 돼. 그럼 잘못될 일 따위는 없으니까 말이야."

　자비에는 자신이 속한 일족에 대한 자화자찬으로 시작해 샤렌을 나무라며 마무리했다.

　더 이상의 질문은 괜스레 자비에를 자극하게 될 뿐.

　샤렌은 한걸음을 물러섰다.

　"알았어요. 일단 시키는 대로 하온을 움직이기만 하면 되는 거죠?"

　잘못되어도 모른다는 식의 질문이었다.

　"무조건 시키는 대로만 해. 한 달 정도는 죽었다고 생각하는 게 좋을 거야."

　자비에는 귀찮다는 기색을 드러내며 말했다. 사실 홀로 연구하는 데는 지칠 줄 모르는 자비에였으나, 자신이 아는 바를 누군가에게 설명하는 데는 익숙지 않았다. 무엇보다 홀로 살아온 세월이 길어 누군가 상대를 둔 대화 자체가 그를 피로하게 만들었다.

　"그럼 전 돌아갑니다."

　샤렌이 자리에서 몸을 일으키자 자비에가 쏘아붙이듯 말했다.

Rhapsody Of Carnival

“그럼 가져가. 그 멍청한 머리가지고 제대로 기억이나 하겠어?”

샤렌은 묵묵히 그림을 챙겨 자신의 암혈로 향했다. 알아서 스스로를 가둘 장소로 돌아가는 것이다.

그런 샤렌의 뒷모습을 보며 자비에는 나직하게 코웃음을 쳤다. 자신의 연구에 적극적인 협조를 하는 샤렌을 향해 조소를 머금는 데는 이유가 있었다.

‘유리약족이나 유리족이나! 자신보다 강한 자에게 보이는 노예근성은 마찬가지란 말이지. 정말이지 하찮은 것들이라니까!’

동료들의 덕이었다지만 어쨌든 마령의 주인을 죽였다는 놈이었다.

한데 처음부터 지금까지 제대로 된 반항 한 번 하지 않았다. 아니, 시도조차 생각지 않는 듯했다.

용기도, 근성도 없이 하루를 편히 보내는 게 지상과제에 불과한 놈.

상처를 덜 내는 것에, 마취약을 바르는 것에, 헤벌쭉 웃음을 흘리는 배알도 없는 놈.

그것이 샤렌을 바라보는 자비에의 평가였다.

“하긴! 덕분에 연구는 더 편해졌으니.”

자신으로서는 유리족의 삶에 대한 천박한 집착이 나쁠 게 없는 자비에였다.

암혈로 돌아온 샤렌은 곧바로 그림을 펼쳐 하온이 지나가야 할 경로를 재차 확인했다.

이어 수인을 결하고 영시안을 떴다.

영시안이 있는 위치에서 확연히 느껴지는 하온의 소용돌이.

하온은 타이루트의 모양을 쫓아 무서운 기세로 회전을 거듭하고 있었다. 그와 같은 움직임은 더 이상 샤렌에게 두려움의 대상이 아니었다. 영시안의 하온이 이 같은 움직임을 보인 후, 오히려 많은 분야에서 급격한 발전이 있었음을 알기 때문이다.

신체적 능력의 변화는 시작에 불과했다.

가장 큰 변화는 머리 반쪽을 채웠던 하온 전부가 영시안에 집중되었다는 점이다.

그 양은 스스로 느끼기에도 막대한 것.

경로를 쫓아 조심스레 흘려보내는 하온은 이전에 비하면 마치 거대한 해일처럼 느껴질 정도였다.

타이루트를 그려내며 팔과 다리 등을 오가는 하온.

생각보다 쉬웠다.

마치 익숙한 길을 따라 하온을 움직이는 것처럼 편안하고 자연스러웠다. 처음 하온을 순환할 때보다 훨씬 수월하게 느껴질 정도였다.

하지만 전신을 다 돌아 제자리로 돌아오는 데는 제법 긴 시간을 필요로 했다. 직선이 아닌 회전을 통해 나선을 그리며 진행되는 하온이었기 때문이다.

그렇게 하온을 돌리길 세 차례.

"뭐 별것도 아닌데 그렇게 겁을 주고 그래."

자비에를 비롯한 제천의 후예들이 들으면 기겁을 할 발언이 샤렌의 입에서 아무렇지도 않게 흘러나왔다.

암혈로 돌아오는 샤렌에게 자비에는 한 달 동안 죽었다고 생각해야 할 거라 말했다.

이는 조금의 과장도 없는 말이었다.

제천의 후예가 고안한 활성화법은 그들이 사용하는 크레논의 실제 운용에 있어서 시작이자 끝이었다. 실제로 힘을 발휘하는 크레논은 활성화의 경로를 쫓는다. 그 속도와 양, 집약과 분산, 그리고 의념의 정도로 조절을 해 변화를 만들 뿐, 실제로는 같은 이치를 따르는 것이다.

제아무리 크레논에 대한 재능이 뛰어난 제천의 후예라 하더라도 활성화를 위해 전신 구석구석에 이르기까지 크레논을 이동시키려면 한 달은 족히 걸린다. 그것도 제어하기 쉬운 적은 양의 크레논일 때의 이야기다.

샤렌이 지닌 하온의 양은 이미 영시안을 개안하고도 남을 정도.

그 막대한 양의 하온을 정확히 제어해 한 치의 어긋남도 없이 타이루트의 경로를 따르려면 적어도 수개월, 많으면 몇 년이 걸릴지도 모를 일이었다.

자비에가 짜증 섞인 반응을 보인 것도 그 때문이었다.

사실 자비에는 굳이 샤렌이 전신 구석에까지 하온을 활성화시키길 기다릴 생각은 없었다. 어깨든 팔이든 제대로 된 타이루트의 경로를 좇아 하온을 활성화시킬 수 있다면 바로 그곳에서부터 치유력에 대한 연구를 시작할 작정이었다.

그렇다고는 해도 생각보다 오래 걸릴 게 분명했다. 샤렌이 가진 하온의 양이 지나치게 많은 탓에 오히려 연구의 진행이 늦어질 수밖에 없는 것이다.

한데 그런 자비에의 예상과는 달리 샤렌은 단 한 번의 시도만으로 하온의 전신 활성화에 성공했다.

그것도 연속으로 세 번이나!

자비에가 알았다면 기절초풍할 일이 벌어진 것이다.

자신이 얼마나 대단한 일을 해냈는지 알지 못하는 샤렌이 다시금 하온을 움직이려 할 때였다.

꿈틀.

샤렌은 하온의 이상한 움직임을 감지했다.

그는 재빨리 수인을 풀고 호흡을 골랐다. 지난번에의 이상 현상은 분명 자신에게 큰 이익이 되었다.

하지만 이번에도 이상 현상이 발생했다가 좋은 결과로 이어지리라는 보장이 없었다.

특히 하온의 소용돌이가 시작될 때의 두려움이 아직 잊혀지지 않은 상태.

샤렌은 작은 이상에도 예민할 수밖에 없었다.

그는 호흡과 마음을 가라앉힌 후, 다시 그림의 선을 쫓아 하온을 이동하려 했다.

'어라?

이번에도였다.

하온을 움직이려는 마음을 품자마자, 영시안의 하온이 소용돌이를 벗어나려 했다. 조심스러운 마음가짐과는 달리 거친 기세로 뛰쳐나가려는 듯한 움직임이었다.

샤렌은 다시 수인을 풀었다. 하온의 움직임은 인퓨어를 통한 끌어당김 우선이다. 즉, 자신의 의지가 하온을 당겨 제 길을 찾게 해야만 했다.

그렇지 않고 제멋대로 하온이 움직인다면 끔찍한 결과를 초래할 터.

샤렌은 좀 더 시간을 두고 마음을 가라앉혔다.

"흠… 이래서 그 미친 늙은이가 어렵다고 했던 건가?"

하긴 제천의 후예라는 일족 최고의 자랑이라는 활성화법이다. 싱거울 정도로 쉬울 리는 없을 것이다.

샤렌은 활성화법을 경시하는 마음을 버렸다.

그리고 좀 더 세심하게 하온을 운용하고자 했다. 반개한 눈과 함께 호흡을 고르고 또 고르는 동안, 마음이 평온해지는 게 느껴졌다.

이어지는 호흡이 들숨인지 날숨인지조차 모를 정도까지 되자 샤렌은 다시금 하온을 움직여 보기로 했다.

인퓨어를 통해 하온이 가야 할 길을 바라보는 순간.

소용돌이 속 하온의 한줄기가 거칠게 튀어나왔다.

앗, 하는 사이에 막대한 양의 하온이 쏟아져 나왔다.

억지로 되돌리기에는 이미 늦은 상황.

이미 한 번 곤란을 겪은 터라 샤렌은 이전보다 침착하게 인퓨어에 집중했다. 이동하는 하온의 양이 지나치게 많고 속도가 빠르긴 해도 일단은 앞서 행했던 이동과 다르지 않은 길을 가고 있었다.

시간이 흐를수록 타이루트를 그려내는 하온의 이동이 격해졌다.

하온의 이동 통로가 되는 혈맥에서 은은한 고통이 느껴질 정도.

하지만 아직까지 특별한 이상은 엿보이지 않았다.

잠시 후, 샤렌은 긴 한숨과 함께 눈을 떴다. 앞서 행했던 이동의 1/3밖에 걸리지 않는 시간 동안 하온이 전신을 돌아 제자리로 돌아왔던 것이다.

"대체 뭐가 어떻게 돌아가는 거야?"

Rhapsody Of Cardival

그제야 긴장을 푼 샤렌은 원인에 대해 고심했다.

잠시 후.

샤렌이 입을 열었다.

"설마……?"

자비에는 그림에 그려진 대로 하온을 움직이기만 하면 된다고 했다. 평소와는 달리 설명조차 귀찮아했다. 아마도 자신의 수준에서 벗어난 현상을 설명할 필요를 못 느꼈으리라.

샤렌이 떠올린 것은 자비에가 말한 '길을 닦는 법'이었다. 이미 세 차례에 걸쳐 갔던 경로라 하온이 제 길을 찾았을 가능성이 있었던 것이다.

"하온은 크레논보다 길을 더 잘 찾는 건가?"

샤렌의 입장에서는 마치 의식이 있는 것처럼 제 스스로를 챙기는 하온이 신기하기만 했다.

이전의 소용돌이도 그렇고, 지금의 활성화도 그렇다. 크레논에 대한 자부심이 철철 넘치는 자비에조차 아예 상상도 못할 속도로 빠르게 진보하고 있는 것이다.

"어쩌면 하온이 크레논보다 더 똑똑한 에너지일 수도 있겠군."

샤렌이 중얼거렸다.

사실 그의 가정은 옳지 않았다. 자비에의 말처럼 크레논, 바라카, 하온, 잉크라는 축적의 방법과 운용의 방법이 달랐으나 근원적인 성질은 같았다.

　그렇지 않다면 크레논의 운용법이 하온에 적용될 리가 없는 것이다.

　다만 샤렌의 체내에 잠재된 하온은 그를 제외한 여타의 존재들이 체내에 축적한 에너지와는 두 가지의 커다란 차이가 있었다.

　그것은 양과 순도였다.

　순정의 하온은 이름 그대로의 가치를 지니고 있었다. 우주에서 가장 순수한 상태로 막대한 양의 하온을 보관했던 것이다.

　그 순정의 하온이 고스란히 샤렌의 체내로 옮겨왔다. 단련되지 않은 샤렌의 혈맥으로서는 감당할 수 없을 정도의 순도와 양이었다.

　순정의 하온은 용기를 통해 그 에너지를 뿜어 주변에 영향을 끼치고는 곧 스스로를 복원하는 성질을 가지고 있었다.

　이는 곧 순수한 에너지가 가진 자존의 능력.

　하온은 그 능력을 살려 샤렌의 우측 반신에 흩어져 자리를 잡았다. 용기가 부서지자 샤렌의 몸으로 자리를 대신한 하온은 혈맥의 파손을 미연에 방지했다. 혈맥이 터져 샤렌이 죽게 되면 허공에 흩어질 하온이다.

　다시 말해 하온이 샤렌의 우측 반신에 흩어져 보존되는 것은 하온이 발휘한 자존 능력의 연장선에 있는 결과였다.

　순수함 자체랄 수 있는 하온의 효능은 거기에서 그치지 않았다.

양과 순도 모두를 충족시킨 하온은 기회가 주어지자 샤렌의 신체가 버틸 수 있는 한계까지 몰아붙였다. 그 결과 스스로 타이루트의 형태를 이뤄 한데 모일 수 있었던 것이다.

비록 머리 반쪽 부분만큼의 하온만을 모았지만 그 양은 막대하기 짝이 없는 것.

이번에는 움직여야 할 길을 감지하자 거침없이 그 경로를 쫓았다. 마치 자신의 진정한 능력을 한시라도 빨리 뽐내고 싶은 듯한 현상이었으나, 실제로는 타이루트의 신비랄 수 있었다. 하온이 가진 본연의 성질이 타이루트에 있듯 타이루트를 그려내는 경로에 따르는 것은 당연한 일이었다.

하지만 정작 몸 안에서 일어나는 일에 대해서 제대로 알 수 없는 샤렌이었다.

어쩌면 자비에에게 질문한다면 답을 구할 수도 있을 것이다.

하지만 목적이 있는 한 그럴 수는 없었다.

'일단은 이대로 쭉 밀고 나가는 거야!'

샤렌의 화안이 붉은 빛을 뿌려댔다. 샤렌 자신은 느끼지 못했지만 이전과는 달랐다. 빛을 받아 반짝이는 게 아니라 두 눈 스스로 붉은 빛을 쏟아냈다.

하온으로 인해 샤렌의 몸에서 일어나는 변화는 현재도 진행 중인 것이다.

영시안의 개안과 더불어 하온은 타이루트를 그려 나갔다. 거침없는 진행, 성난 기세였다.

샤렌의 표정에는 일말의 불안도 없다.

게다가…….

두 눈도 멀쩡히 뜨고 있다. 하온을 순환시키는 것에도 눈을 반개해 정신을 하나로 모았던 이전과는 사뭇 다른 모습이었다.

그뿐이 아니었다.

"역시……!"

심지어 하온을 활성화시키며 말까지 하는 샤렌이었다.

이는 얼마 전까지의 샤렌으로서는 상상조차 할 수 없는 일이었다.

하지만 수십 번의 반복 실험을 거친 다음 샤렌은 하나의 가정을 세웠다. 활성화에 대한 의지를 불러일으키는 것만으로도 하온의 활성화가 가능해진다는 가정이었다.

이에 조금씩 집중을 완화해 봤다. 하온의 활성화 중 이것저것 딴생각을 해본 것이다.

위험한 시도였지만 결과는 명확해졌다.

의지의 발현 이후에는 하온의 움직임은 거침이 없었다. 닦여진 길을 자연스럽게 쫓을 뿐, 이상의 조짐은 전혀 보이지 않았다.

심지어는 입을 열어 말을 할 때도 마찬가지였다. 마치 유일하게 그 길만이 존재하는 것처럼 하온은 타이루트의 문양만을 쫓아 원하는 곳에 이르렀다.

이를 확실히 깨달은 샤렌은 다음 단계를 밟아가고 있었던 것이다.

“이런 방법으로 팔에서만 하온이 돌 수 있도록 할 수도 있구나.”

영시안을 떠난 하온의 일부는 지금 샤렌의 팔에만 머물고 있었다. 끊임없이 타이루트의 문양을 그려내면서였다.

제대로 된 활성화.

이제는 그 효능을 알 차례였다.

물론 미친 자비에처럼 몸에 상처를 내고 회복되는 정도를 확인하고픈 마음은 눈곱만큼도 없었다.

샤렌은 몇 걸음을 옮겨 암벽에 다가섰다.

그리고는 하온이 타이루트를 그려내며 머물고 있는 오른쪽 손을 가볍게 뻗었다.

퍼억.

둔탁한 음향과 함께 돌가루가 흩날린다. 튀어나온 암벽의 한 부분이 그대로 부서져 버린 것이다.

샤렌은 두 눈을 휘둥그레 떴다. 손을 보호해 통증이 완화되는 정도를 기대했건만 아예 돌을 가루로 만들 정도라고는 생각지 못했던 것이다.

"호오! 이거 쓸 만한데?"

예기치는 못했으나 샤렌은 결과에 만족했다.

그러나 실험은 여기서 끝이 아니었다.

샤렌은 다시 한 번 하온 활성화의 의지를 불러일으켰다. 팔 전체에 퍼져 있는 하온을 손에만 집중하려는 것이다.

한순간 하온은 샤렌의 손으로 몰려들었다.

샤렌은 다시 암벽을 향해 손을 뻗었다.

푸욱.

이전과는 다른 음향이 그의 귀에 들려왔다.

하지만 청각보다 샤렌을 먼저 자극한 감각들이 있었으니, 바로 시각과 촉각이었다.

암벽을 파고들어 가 있는 손을 두 눈으로 봤으며, 마치 연한 두부를 찌른 듯 물렁한 감촉을 손으로 느낀 것이다.

"호오!"

샤렌의 입에서 절로 감탄사가 튀어나왔다.

흥이 일었다.

"좋아! 내친김에……."

영시안의 금빛이 더욱 짙어지고 손끝에 몰리는 하온의 양이 불어났다.

잠시 후 샤렌의 손가락 끝에서도 금광이 발하기 시작했다.

'이대로라면……?'

순간 샤렌이 떠올린 것은 자비에의 신비한 수법이었다. 손가락 끝에서 금빛의 실을 풀어내 물건을 마음대로 이동했던 그 수법을 자신도 할 수 있을지 모른다는 생각이 든 것이다.

샤렌은 영시안에 있던 하온을 더 많이 손끝으로 움직였다. 그리고……!

퍼엉!

금광이 번쩍이며 제법 요란한 소리가 암혈에 울려 퍼졌다.

명백한 폭발.

갑작스런 현상에 샤렌은 화들짝 놀라지 않을 수 없었다. 그는 몇 번에 걸쳐 뒷걸음질을 친 다음에야 폭발의 근원이 자신의 손이었음을 깨달았다.

그는 재빨리 손을 살폈다. 다행히 손은 멀쩡했다.

"깜짝 놀랐네."

손이 무사하다는 사실을 확인하고서야 샤렌은 놀란 가슴을 쓸어내렸다.

"대체 왜 터진 거야?"

샤렌은 뭐가 잘못된 건지 되짚어봤다. 두 가지의 가능성이 있었다. 하온의 양이 너무 많았거나, 지나치게 빠르게 회전을 했을 경우였다.

샤렌은 하나하나 풀어가기로 했다.

일단은 하온의 양을 줄여 손가락 끝으로 보냈다. 행여 모르니 손은 얼굴에서 멀찌감치 보내두었다.

퍼엉!

어김없이 금빛의 광채를 뿌리는 폭발이 일었다.

"흠… 양의 문제였던 건가?"

이번에는 조금 더 적은 양을 손가락 끝에 모았다.

손끝에서 일렁이는 광채가 보였다.

성공했다고 느끼는 순간, 굵은 광채가 손에서 쭉 뻗어 나왔다. 마치 손가락이 늘어났다고 여겨질 법한 굵기를 가진 빛의 가닥이 튀어나온 것이다.

모양은 달랐지만 일단은 성공.

샤렌은 나름 만족해했다. 좀 더 섬세하게 하온을 운용한다면 굵기 정도는 조절할 수 있으리라.

그는 다섯 줄기의 금광을 암벽으로 향하게 했다. 물리적인 힘을 행사할 수 있는지 보려는 것이다.

금빛 가닥이 암벽에 닿는 순간,

퍼엉!

찬란한 광채와 더불어 폭발이 일고 돌가루가 사방으로 튀었다. 높이는 꽤 되지만 넓이는 그다지 넓지 않은 암벽은 뿌연 돌가루로 가득 찼다.

"뭐, 뭐야?"

의도했던 것과는 전혀 다른 현상이었다. 당황하는 중에 샤렌은 귀를 기울였다. 혹여 자비에가 폭발음을 듣고 쫓아오는 것은 아닌가 싶어서였다.

다행히 그런 기색은 없었다. 아마도 뭔가에 열중해 있거나 외출 중이겠지.

샤렌은 방금 전 발생한 문제에 집중했다. 의도한 폭발이 아니었으니 문제를 찾으려는 것이다.

결론은 역시 양이었다. 조금이라고 생각했던 양이지만 생각보다 많았던 모양이다.

이번에는 아예 영시안의 하온을 실처럼 가늘게 뽑아 손끝으로 향하게 했다. 그 연장선에 자비에가 만든 것과 같은 금빛의 실이 나와주길 바라면서.

샤렌의 표정이 밝아졌다.

생각한 대로였다. 세심하게 뽑아낸 하온이 금빛의 세사(細絲)를 만들어낸 것이다.

미소와 함께 다시금 금빛 세사를 바닥으로 향하게 했다. 조금 전 폭발로 떨어져 나온 파편을 들어 올리기 위해서였다. 가느다랗기만 한 빛이 얼마만큼의 물리적인 힘을 감당할 수 있는지 확인이 필요했다.

다섯 줄기 금빛 세사가 주먹만 한 돌멩이의 주변을 감쌌다.

그리고 손으로 움켜쥐듯 돌멩이를 잡는 순간.

펑.

작은 폭음과 함께 돌멩이가 산산이 부서졌다. 아니, 부서졌다기엔 표현이 모자랐다. 금빛이 번쩍인 순간 먼지가 되어 산산이 흩어져 버린 것이다.

또다시 피어오른 먼지가 걷히자 멍한 표정의 샤렌이 보였
다.

"대체 뭐가 문제인 거야?"

하온의 수련에 있어서 승승장구해 오던 샤렌에게 닥쳐온
첫 난관이었다.

그때였다.

"아니지! 지금 미친 늙은이를 따라 할 때가 아니잖아!"

샤렌은 검지와 검지를 튕겨 '딱' 하는 소리를 냈다.

하온을 운용한 결과가 뜻대로 되진 않았지만, 지금의 결과
가 자신에게 있어서는 꼭 문제랄 수만은 없었다. 조금만 달리
생각하면 새로운 희망이 되어줄 수도 있는 것이다.

"미치광이 늙은이랑 같이 있다 보니 내 머리도 어떻게 됐
었나 보네. 순간적으로 연구 자체에 몰입을 하다니 말이야."

실소로 시작했던 샤렌의 얼굴은 만족스러운 미소를 그려
내며 변화를 마쳤다. 잘하면 생각보다 빨리 이곳을 벗어날 수
도 있다는 희망이 그와 같은 표정을 만들어낸 것이다.

뭐?

하온이니 크레논이니 하는 이야기만 계속되니 머리가 지끈거리기만
했었다고?

하긴 타이루트가 부적에 사용되는 문양인 줄만 알았던 네놈이니 그럴

법도 하지.

사실 이 정도도 한참이나 줄여서 이야기를 한 거야.

하온에 대해 좀 더 자세히 설명하거나, 모리엔트의 미친 늙은이가 얼마나 다양한 방법으로 그 양반을 실험했는지 일일이 이야기하자면 밤을 새워도 모자랄걸?

그래, 그래.

걱정하지 마라.

정작 중요한 이야기가 나올 때는 꾸벅꾸벅 졸더니 이제야 그 동태 같은 눈깔을 바로 뜨니 나도 대충해야겠다고 결론을 내렸으니까.

적당히 하고 넘어가는 게 멍청한 네놈에게는 오히려 좋겠지.

쯧쯧!

아니, 널 보고 혀를 찬 게 아니야.

돼지 목에 진주를 걸어주려던 내 자신이 한심해서 그런 거지.

뭐, 그렇다고 아예 하온에 관련된 이야기를 뺄 수는 없잖아?

그 양반이 무슨 일을 겪게 되는지 알 수 있는 정도에서 대충 넘어가도록 하마.

그나저나 한 번만 더 졸면 이야기는 거기서 끝이다!

내가 한 번 한다면 하는 거 알지?

Chapter 7

Rhapsody Of Cardival

Rhapsody Of Cardival

1

샤렌이 하온의 활성화를 통해 손으로 바위를 두부처럼 으깰 수 있고, 집중된 하온이 금빛 세사를 통해서도 폭발을 일으킨다는 사실을 깨달은 지 열흘이 지난 후였다.

"팔까지는 이를 수 있는 거냐?"

자비에가 혹시나 하는 기대를 담아 물었다.

"네?"

"타이루트를 그리며 하온을 팔에까지 이르게 할 수 있냐는 말이다."

반짝.

샤렌의 붉은 눈이 빛을 발한다. 역시 그랬다. 자비에는 그저 겁을 주기에 한 달을 논한 게 아니었다. 활성화 수련 첫날에 전신에 하온을 보냈건만 열흘이 지난 지금에 와서 고작 팔에 하온이 이르렀는지 묻는 것을 보면 분명했다.

"그게……."

샤렌은 멋쩍은 표정으로 뒤통수를 긁적였다.

"닷새를 더 주마."

자비에가 냉랭한 표정으로 말했다.

"닷새라뇨?"

"닷새 후에는 네놈 왼팔에 칼 맛을 보여주겠다는 뜻이야."

그때까지 왼팔에 활성화시킨 하온을 보낼 수 있게 하라는 말이었다.

샤렌은 조금 어눌한 표정을 지어 보이며 말했다.

"열흘 동안 죽자고 수련했는데도 안 되는 걸 어떻게 닷새만에……."

"마취 안 하고 할까?"

"아뇨."

샤렌은 짐짓 겁을 먹은 듯한 표정을 지었다. 자비에가 자신을 얕볼수록 기회의 수가 많아진다는 사실을 그는 잘 알고 있었다.

여러 기회의 수 중 어떤 것이 결정적인 역할을 해 이곳에서 벗어나게 해줄지 모르는 상황.

샤렌은 최대한 많은 가능성을 열어두고 싶었다.

"그럼 닥치고 빨리 돌아가서 연습해."

"네."

대화는 짧게 끝이 났다.

몸을 돌리는 샤렌.

그의 뒷모습을 바라보며 자비에는 미소를 지었다. 유리족 따위에게 보름의 시간 만에 활성화를 기대하는 것은 사실상 무리다.

그러나 여태껏 그랬듯 저놈은 죽자고 매달릴 것이다. 상처의 고통을 덜기 위해, 그리고 하찮은 목숨을 유지하기 위해.

결론은 연구가 진척된다는 것.

아이모탄에 반 발자국이라도 다가서는 것은 자비에에게 기쁨일 수밖에 없었다.

한편 몸을 돌린 샤렌도 미소를 지었다. 자비에는 자신의 발전 정도에 대해 조금도 눈치 채지 못하고 있다.

제천의 후예들이 가지고 있는 자부심.

자신들을 절대적인 기준으로 삼았기에 그 이상에 대해서는 아예 고려가 없었던 것이다.

결국 샤렌은 점점 더 많은 기회의 수를 갖게 되었다.

그러니 미소를 지을 수밖에 없었다.

서로 다른 생각 속에서 샤렌과 자비에, 둘은 그렇게 웃고 있었다.

샤렌이 암혈에 들어서자 열려 있던 문이 자동으로 닫힌다. 은은한 광택을 머금은 금속제의 문이 스스로 움직이는 것은 언제 봐도 신기한 광경이었다.

이런 걸 만드는 것을 보면 자비에도 인간의 기준으로 천재의 범주에 들어가기에 충분해 보였다.

'그러면 뭐 해? 미친놈인데.'

자비에에 대한 샤렌의 평가였다.

다행인 것은 그의 천재성이 누군가와의 '관계'에서는 발휘되지 않는다는 점이다. 만약 그랬다면 자신이 일을 꾸미는 것은 애초부터 불가능했으리라.

샤렌은 암혈의 구석진 벽 앞에 섰다.

그리고는 영시안을 개안했다. 자연스럽게 활성화된 하온이 온몸으로 퍼진다.

그는 가슴 높이쯤 되는 암벽의 움푹한 부분에 양손을 밀어넣었다.

이어 약간의 힘을 주자 벽이 움직인다. 정확히 말하면 가슴 높이 정도 되는 직사각형의 돌이 옆으로 밀려나는 것이다.

샤렌의 입매에 미소가 그려졌다. 아무리 얇은 돌판이라 해도 과거의 자신이라면 꼼짝조차 할 수 없는 무게였다.

한데 크게 힘을 주지 않았음에도 쉽게 움직일 수 있게 된 것이다. 모두가 하온의 효용이었다.

　직사각형의 돌이 옆으로 밀려나자 뒤쪽으로 뻥 뚫린 구멍이 보였다. 중간중간 석순과 종유석이 만난 듯 천장과 바닥이 이어진 곳이 보이긴 했지만, 사람 하나가 드나들기에는 충분한 공간을 이루고 있었다.

　샤렌은 허리를 숙여 그 안으로 들어갔다. 암혈과는 달리 축축한 공기가 폐부로 밀려들어 온다. 기둥과 같은 형상을 한 천장과 바닥의 이음이 곳곳에 있었지만 샤렌은 개의치 않았다. 하온을 제대로 다룰 수 없을 때도 이미 어둠은 장애가 되지 않았던 샤렌인 것이다.

　구멍을 통해 이어진 굴은 비스듬한 경사로 위쪽을 향해 있었다. 경사는 완만해 기어올라 가는 데는 큰 지장이 없었다.

　샤렌은 곧 구멍의 끝에 이르렀다.

　그리고는 하온을 팔 부분에 집중했다.

　한 손을 앞쪽으로 내미는 샤렌.

　퍼석.

　바위가 맥없이 으스러지며 샤렌의 손이 바위 안쪽으로 파고들었다.

　그런 동작을 반복하길 수차례.

　암벽에 생긴 굴의 길이가 계속해 늘어나고 있었다.

　암벽을 파내는 샤렌의 손에는 거침이 없었다. 약간의 습기가 있지만 단단하기 짝이 없는 암반 지대다. 중간중간에 기둥 역할을 할 만큼은 남겨뒀으니 굴이 함몰될 염려는 적었다.

그러니 한시라도 빨리 바깥을 보기를 원하는 것이다.

'이곳이 지하라면 좋을 텐데…….'

두부처럼 으스러지는 암벽을 파내며 샤렌은 생각했다. 제아무리 대단한 자비에라 하더라도 땅을 파내고 실험실을 만들었다면 깊이에 한계가 있을 것이다.

비스듬히 파낸 굴이니만큼 계속해 파다 보면 반드시 지상에 올라설 수 있을 터.

이곳을 빠져나갈 시간이 단축될 것이다.

반면 실험실이 산맥의 한 줄기에 있는 동굴을 개조한 것이라면 문제가 달라진다. 파는 방향에 따라 아예 밖으로 나서지 못할 수도 있다. 산맥을 쫓아 굴을 파고 있는 거라면 평생을 파내도 이곳을 벗어날 수 없게 되는 것이다.

그렇다고 자비에의 속셈이 뻔히 보이는 마당에 앉아서 기다릴 수만은 없었다. 샤렌이 부지런히 손을 놀려 굴을 파는 것은 그 때문이었다.

지난 열흘간 파낸 굴은 제법 길이가 되었다.

하지만 중간중간에 먼지처럼 으스러진 돌들을 쌓을 공간을 따로 파가며 작업을 해야 했기에 만족할 만큼의 속도는 나지 않았다.

'그래도 이게 어디야?

하온의 활성화에 바위를 으스러뜨릴 효능이 있지 않았다

면 이런 식의 탈출 방법은 시도조차 못할 일이었다. 이렇게라도 무엇인가를 할 수 있다는 것 자체가 행운인 것이다.

샤렌의 손놀림이 빨라졌다.

3

굴을 파내는 데 열중한 탓인지 닷새는 눈 깜짝할 사이에 흘러갔다.

반짝.

자비에의 손에 들린 칼이 빛을 발했다.

"되도록 얕게 찌르시죠."

마취를 마친 샤렌이 걱정되는 표정으로 마취약을 바른 부위를 내려다보며 말했다. 실제로 걱정이 될 수밖에 없었다.

하온의 활성화가 상처 치유에 도움이 된다는 것은 자비에의 가정일 뿐, 아직까지 하온이 산재해 있는 우측과 좌측은 다를 수도 있는 것이다.

"그렇게 염려가 될 정도였으면 좀 더 열심히 활성화 수련을 했어야지."

샤렌은 자비에에게 미량의 하온만이 간신히 손끝에 도달했다고 말했다. 그나마 될 때도 있고, 안 될 때도 있다는 정도로만 자신의 상태를 설명한 것이다.

푸욱.

팔에서 전해져 오는 둔탁한 느낌에 샤렌은 인상을 찌푸렸다. 특효를 발휘하는 마취약을 발랐으니 통증은 없다.

하지만 살갗을 파고든 칼의 끝부분이 완전히 사라졌다. 자신의 바람과 달리 자비에가 제법 깊숙이 칼을 찌른 것이다.

자비에가 칼을 뽑자 상처가 쩍하니 벌어졌다. 붉은 피가 울컥 흘러나왔다.

'젠장! 이럴 줄 알았으면 고개를 돌려 보지 말걸.'

워낙 반복되던 일이라 이쯤 되면 제 상처를 보는 데 익숙해질 법도 되었다고 여겼다.

하지만 멀쩡한 살이 갈라지고 피가 흐르는 모습을 보자 기분이 절로 상한 것이다.

"하온을 상처로 보내고 주위에서 계속해 타이루트를 그리도록 해."

자비에의 말을 들은 샤렌은 재빨리 수인을 결하고 눈을 반개했다. 사실은 불필요한 동작이었으나, 아직까지 온 신경을 집중해야 하온을 활성화시킬 수 있는 것처럼 보이기 위해서였다.

샤렌이 하온을 활성화시키기 시작하자 자비에는 영시안을 열고 어딘가를 향해 손을 뻗었다. 그의 손가락에서 뻗어 나온 금빛 세사에 감겨온 것은 검은색의 원통이었다.

"흐흐… 불과 며칠 사이에 부족한 광량에서도 확대된 대상을 밝고 선명히 볼 수 있는 물건을 만들어내다니! 역시 난 천재라니까."

자비에는 스스로의 손에 들린 물건을 보며 자화자찬을 했다.

'요 며칠 저걸 만드느라 정신이 없었나 보군.'

곁눈질로 자비에를 살핀 샤렌이 생각했다. 정해진 시간에 암혈에 들르던 자비에가 최근 오 일 동안은 한 번도 찾아오지 않은 이유가 아마도 저 물건을 만들기 위해서였으리라.

자비에는 곧 원통형의 물건의 한쪽 끝을 상처로 향하게 하고 반대편 끝에 자신의 눈을 가져다 댔다. 활성화 이후 상처에서 벌어지는 현상을 좀 더 세밀하게 살피기 위해 고안된 듯한 물건은 상처를 완전히 뒤덮었다.

활성화의 결과는 샤렌에게도 궁금한 것.

샤렌은 적극적인 협조를 위해 상처 주위에 하온을 집중한 다음 연신 타이루트를 그려냈다.

"흠……."

연신 천으로 흐르는 피를 닦아내며 상처를 관찰하던 자비에가 낮은 신음을 흘렸다.

샤렌은 뭔가 변화가 있냐고 묻고 싶었지만 입을 열 수 있는 상황이 아니었다. 활성화 중에 말을 할 수 있다는 사실을 자비에가 알아채서는 안 되기 때문이다.

자비에가 잠시 눈을 뗀 것은 옆에 놓인 모래시계를 확인할 때뿐.

그는 눈을 깜빡이는 시간조차 줄여가며 샤렌의 상처를 살피고 또 살폈다.

샤렌의 궁금증은 점점 커져 갔다. 연신 피를 닦아내는 것을 보면 아직도 상처가 아물지 않은 것이 분명했다.

한데 뭘 저리 자세하게 살피는 건지 궁금했던 것이다.

자비에가 원통에서 눈을 뗀 것은 작은 모래시계를 다섯 번이나 뒤집고 나서였다.

"이래서야……."

답답한 자비에의 목소리를 듣고서야 샤렌은 반개했던 눈을 떴다.

"뭔가 변화가 있어요?"

샤렌의 질문을 받은 자비에는 잠시 생각을 정리하는가 싶더니 주름진 입을 열었다.

"미세하지만 피부와 혈관조직에서 복원의 기미가 보이고 있어. 하지만……."

자비에는 미간에 깊은 주름을 잡은 다음 말을 이었다.

"이 정도는 크레논을 운용했을 때와 별 차이가 없어. 네놈의 오른쪽에서 보였던 치유 능력과는 하늘과 땅 차이지."

자비에의 입장에서 보자면 성과는 있었지만 만족할 수는 없는 상황이었다. 크레논과 차이점을 찾아내야만 아이모탄의 비밀을 밝혀낼 수 있기 때문이다.

반면 자비에에게 결과를 듣게 된 샤렌의 입장에서는 성과의 가치가 달랐다. 샤렌은 알고 자비에는 모르는 사실 때문이었다.

하온이 치유와 회복의 특성을 지닌 에너지라는 것은 샤렌이 꾸며낸 말에 불과했다.

맨손으로 불을 일으키고, 얼음으로 화살을 만들고, 물건에 신비한 능력을 부여하는 마법의 원동력이 하온인 것이다. 생명력의 근원이니, 우주를 구성하는 에너지니 하는 공통점이야 분명히 있을 터지만, 애초 치유 및 회복이라는 하나의 특성을 지닌 게 아니라는 뜻이었다. 그것을 샤렌은 알고 있었다.

따라서 결과를 확인한 샤렌은 자비에보다 많은 것을 알 수 있었다. 기적적인 치유, 회복의 속도는 하온의 활성화가 아닌 우측 반신에 산재해 있는 하온에 의한 것임을 깨달은 것이다.

"일단은 변화가 있었다는 데에 의미를 둬야겠군."

샤렌이 하온에 대한 생각을 정리하는 동안, 자비에 역시 관찰의 결과에 대해 정리했다.

"좀 더 제대로 된 활성화가 이뤄졌을 때는 어떤 변화가 있는지 살펴봐야겠어."

자비에가 아쉬움을 접으며 결론을 내렸다.

그는 째진 눈을 가늘게 뜨며 샤렌에게 말했다.

"이 상처가 아물 때쯤에는 좀 더 제대로 된 하온의 움직임을 볼 수 있겠지?"

딴에는 은근하게 말한 모양이었으나 샤렌에게는 쇳소리가 섞인 거북한 목소리가 살갑게 들릴 리가 없었다.

더군다나 상처가 아물면 또 다른 상처를 내서 관찰을 할 자비에가 아닌가?

통증이 없다 해도 몸이 마치 물건처럼 다뤄지고, 몸 곳곳에 상처가 생기는 걸 달가워할 사람은 없을 것이다. 물론 샤렌 역시 마찬가지였다.

그때였다.

어디선가 우웅, 하는 소리가 들렸다.

소리를 들은 자비에의 인상이 짜증스레 변했다.

"또 어떤 놈이……?"

자비에는 실험실의 한쪽 벽면으로 갔다.

그그그그극.

뭔가를 만지자 암벽이 요란한 소리를 내며 마치 커튼처럼 반으로 갈라졌다.

자비에가 만든 물건이 신기한 기능을 가지고 있다는 것은 샤렌 또한 잘 아는 일.

샤렌은 호기심에 빛나는 눈으로 자비에가 무엇을 하는지 지켜봤다.

갈라진 암벽 뒤로 드러난 것은 매끈한 판이었다. 판은 체크무늬처럼 많은 선으로 칸이 나눠져 있었고, 칸칸마다 다른 그림으로 채워져 있었다. 나무와 바위, 동굴의 안쪽 등을 그린 듯한데 너무나 사실적이어서 마치 풍경을 그대로 옮겨놓은 것만 같았다.

'어?'

샤렌의 눈이 휘둥그레졌다. 판의 상단에 위치한 칸 하나의 그림이 움직이는 것을 본 것이다.

"그림이 아니잖아?"

놀란 샤렌은 저도 모르게 말을 하고 말았다.

그 소리를 자비에도 들었는지 판에서 시선을 떼지 않고 말했다.

"그림은 무슨! 이건 수정과 거울 따위를 활용해 만든 간단한 장치야. 한눈에 연구실 주변을 살필 수 있도록 말이지."

별거 아니라는 어조였으나 그의 말투에서는 자부심이 역력히 드러났다. 자신의 발명품에 대해 스스로 만족하고 있음이 분명했다.

"그나저나 저 녀석이 무슨 일로 이곳에 찾아온 거지?"

움직임을 보인 칸에는 한 명이 보였다. 잿빛의 피부, 뾰족한 귀를 가지고 있으니 한눈에도 제천의 후예임을 알아볼 수 있었다. 말투로 미루어 자비에가 아는 얼굴인 듯싶었다.

하지만 샤렌은 실험실에 찾아온 자에 대해서는 전혀 관심을 두지 않았다. 칸칸에 보이는 바깥 풍경을 보며 실험실이 산중의 동굴에 차려진 건지 지하에 만들어진 건지 파악하기 바빴던 것이다.

그때 우웅 하는 소리가 또다시 들렸다.

동시에 실험실 밖에 있던 자의 모습이 칸을 옮겨갔다. 동굴 안쪽을 보이는 화면에 모습을 드러낸 것이다.

"넌 암혈로……."

샤렌을 암혈로 보내려던 자비에는 곧 말을 멈췄다. 화면 속 제천의 후예가 갑자기 빠르게 움직이기 시작한 것이다. 그는 순식간에 나눠진 화면의 다섯 칸을 옮겨갔다.

"쳇! 감히 이 자비에님의 실험실을 제집처럼 활보하다니!"

한차례 투덜거린 자비에가 샤렌을 돌아보며 손을 내밀었다. 샤렌을 암혈로 보낼 시간이 없었다. 저 속도라면 놈이 곧 들이닥칠 것이기 때문이다.

"넌 저 캐비닛 속으로 들어가! 어서!"

자비에가 샤렌을 향해 소리를 질렀다.

"그 안에서 숨소리라도 내면 마취 없이 네놈 몸을 걸레처럼 만들어 버릴 테니 그리 알아!"

자비에는 한 치의 흔들림 없는 눈으로 샤렌을 노려보며 말했다.

'진심이군.'

샤렌은 자비에의 협박이 허세 따위가 아님을 느끼고는 재빨리 몸을 움직였다. 자신의 키만 한 캐비닛에 들어간 샤렌은 안쪽에서 문을 닫고 숨을 죽였다. 자비에가 진심임을 안 이상, 괜스레 트집잡힐 일을 하고 싶지 않았던 것이다.

잠시 후, 실험실 안쪽으로 누군가 들어서는 기척이 느껴졌다.

샤렌은 밖에서 들려오는 소리에 귀를 기울였다.

"흥! 네 녀석이 기별도 없이 웬일이냐?"

쉿소리 섞인 자비에의 목소리였다.

"여전히 정정한 모습이시군요, 자비에님."

어딘지 모를 권태로움이 느껴지는 목소리도 들렸다. 어쩐지 익숙한 느낌이 드는 어조였다.

'이오나!'

낯선 목소리에서 샤렌은 이오나를 떠올렸다. 그녀 역시 특징적으로 권태로움이 뚝뚝 묻어나는 어조로 말을 하곤 했던 것이다.

"내가 웬일이냐고 물었지 내 모습이 어떠냐고 물었더냐?"

자비에는 쏘아붙이듯 말했다.

'저놈의 성질머리는 동족에게도 변함이 없군.'

캐비닛 안쪽의 샤렌이 생각했다. 샤렌으로서는 자비에가 자신이 아닌 다른 누군가와 대화하는 것을 처음 들었다.

"그 성격도 여전하시고 말이죠."

누군지 몰라도 강적일 터였다. 자비에의 성화에 조금도 흔들림이 없는 목소리였던 것이다.

"네 녀석이 여기까지 그렇게 쉽게 걸어 들어오게 내버려 둔 것은 빨리 용무를 마치고 돌아가라는 뜻이었다."

그러니 빨리 용건을 말하라는 자비에의 재촉.

"하… 하… 하! 그렇군요. 전 또 옛정을 생각해서 그러신 줄 알았네요."

"지금……."

자비에의 쇳소리 섞인 목소리가 낮아졌다.

"이 자비에님의 말씀을 비웃고 있는 거냐?"

"그럴 리가요? 다만 자비에님께서 절 아직도 어린아이로 보고 계신 것 같아서 말이죠. 하지만 제가 자비에님께 속아 갇혀 있었던 건 벌써 이백 년 전의 일이랍니다."

얼핏 부드러운 말투처럼 느껴졌지만 방문자의 말에는 가시가 잔뜩 돋쳐 있었다. 속았느니 갇혔느니 하는 것을 보니 뭔가 자비에에게 감정이 있음을 짐작할 수 있었다.

"그래서 뭐가 어쨌다는 거냐?"

"모르셨습니까? 부족하지만 저도 십존의 일좌를 차지했습니다. 어린아이 취급을 당할 이유는 없다는 거지요."

"흥! 그래서 이제는 십존 중 하나니 옛날 일을 따지러 왔다는 게냐?"

"아, 아! 그럴 리가요? 그건 정말이지 오래전의 일일 뿐인걸요. 게다가 자비에님은 순수한 탐구정신에 매진하셨던 것뿐일 테고요."

어딘지 모르게 과장된 말투.

샤렌은 방문자가 자비에에게 가진 감정의 골이 깊다는 것을 유추할 수 있었다. 표정을 보면 더욱 확실하겠지만 목소리만 들어도 그가 옛일을 잊었다는 건 거짓말인 게 여실히 느껴졌다.

Rhapsody Of Cardival

"오늘 자비에님을 찾아온 것은 전혀 다른 이유랍니다. 자비에님도 왕께서 삭월을 역천의 무리로 규정하신 것은 알고 계시지요?"

왕과 삭월.

두 단어를 통해 샤렌은 방문자의 신분을 짐작할 수 있었다. 자신과 이오나, 테오타신이 한 일로 미루어 여기에 있다는 걸 들키면 큰일이 날 터였다. 샤렌은 호흡을 최대한으로 낮춰야만 했다.

"난 누군가를 왕으로 모셔본 기억이 없다."

고집스러운 자비에의 목소리였다.

"호오!"

목소리에서 역력히 느껴지던 나른함이 처음으로 사라진 감탄사였다.

"그것참 위험한 발언이군요. 삭월과의 접촉이 가져온 결과인가요?"

"흥! 내가 시우카, 그 위선에 가득 찬 늙은이 따위의 영향을 받을 것 같으냐?"

자비에는 발끈해 언성을 높였다.

"참으로 다행인 일입니다. 물론 자비에님을 위해서 말이지요."

삭월에 대해 추궁할 때와 달리 목소리가 다시 느슨해졌다.

"그래서 말이죠. 왕께서는 자비에님께서 삭월과 무관하다는 사실을 직접 입증하길 원하십니다.”

“입증?”

“그렇지요. 입증!”

방문자는 나른한 와중에도 한 자 한 자를 또박또박 말했다.

“아무래도 자비에님의 뛰어난 연구 결과들이 역천의 무리 손에 넘어간다면 저희에게도 골치 아픈 일이 될 테니까요. 아시다시피 서천의 군대에는 저희 일족 외에 미천한 것들이 득실대지요.”

서천의 군대에 다른 종족들이 있고, 그들에게 있어서 자비에의 발명품은 위협이 된다는 뜻이었다.

“그럴 일 없다. 내가 시우카를 어떻게 생각하는지 그도 알지 않느냐?”

“그라니요? 말씀을 가리시는 게 좋을 겁니다, 자비에님. 엄연히 왕좌에 오르신 분이시니까요.”

다시금 나른함이 사라진 목소리는 은근한 협박조였다.

그럼에도 자비에는 발끈하는 반응을 보이지 않았다.

‘저 성질에 곧바로 반박해 들어가지 않고 침묵을 할 정도라니. 과연 서천의 왕이나 십존이라는 자들이 대단하긴 한가 보구나.’

“뭐, 다시 본론으로 돌아가도록 하죠. 아무리 자비에님께서 역천의 무리를 도울 생각이 없다 하셔도 저들이 쉽게 포기할 거라고 단정 지을 수 없는 상황입니다.”

"제깟 것들이 포기하지 않으면 어쩐단 말인가?"

"변수란 적을수록 좋은 것이지요. 그러니 일단 저와 함께 가시는 게 좋을 겁니다."

"지금 내게 억지를 부리겠다는 게냐?"

"아, 아! 그럴 리가요. 억지가 아니라 왕의 명을 받드는 겁니다."

"난 해야 할 연구가 있고, 내 실험실은 바로 여기다."

"실험실 정도는 얼마든지 준비해 드릴 수 있습니다."

"말했지 않았나? 내 실험실은 여기라고!"

자비에의 음성에서 짜증이 느껴졌다. 화를 내는 것과는 구분되는 짜증이었다.

"굳이 험한 길로 돌아가시겠다는 뜻으로 받아들여야 합니까?"

이제는 노골적인 협박의 기색을 드러내는 방문자였다.

"제아무리 십존의 일좌라 해도 내 연구실에서 제멋대로 행동할 수는 없다!"

이전에 비해 제법 단호한 자비에의 반응이었다.

'뭘 믿고 저러는 거지?'

샤렌은 자비에의 갑작스러운 태도 변화에 의아해했다.

그 답은 방문자의 입에서 나왔다.

"아, 아! 이곳에 설치된 수많은 장치들을 믿고 말씀하시는 건가요?"

　"설령 네놈이 대군을 몰고 와도 결과는 마찬가지야. 이곳은 머릿수를 가리지 않는 장치들로 가득 차 있으니까."
　샤렌은 그제야 익숙한 자비에의 말투를 들었다.
　스스로 만든 것들에 대해 넘쳐흐르는 자부심.
　그 심정이 역력히 드러나는 평소 그대로의 어조가 들려온 것이다.
　"물론 그렇겠지요. 그것을 인정하니까 자비에님의 연구 결과가 삭월의 손에 넘어가면 곤란하다고 말씀드리는 거지요."
　"끝까지 해보겠다는 거냐?"
　"왕의 명령은 지엄하니까요."
　방문자는 당연하다는 듯 대답했다.
　"네가 십존 정도나 된다니 내 장치들 속에서 버틸 수 있겠지. 하지만 나 역시 구경만 하고 있을 수는 없는 일이지 않나? 날 억지로 끌어내려면 목숨을 걸어야 할걸!"
　"후훗! 대단한 자부심이군요. 아직까지 고작 영시안을 뜬 정도의 경지에 머무르고 계실 텐데… 그런 말씀을 하실 정도면 정말 대단한 것들이 설치되어 있긴 하나 봅니다."
　'영시안을 뜬 정도의 경지에 머물러?'
　방문자의 말을 통해 샤렌은 새로운 정보를 얻었다. 영시안을 만들어낸 것 이후에 또 다른 경지가 있었던 것이다.
　"적어도 널 상대하는 데는 부족함이 없을 거다, 나젠카!"
　자비에의 말은 상대방에게라기보다는 자신에게 말하는 듯

했다. 스스로의 확신을 다지기 위해서였을 것이다.

"후후훗! 자비에님의 냉철한 평가는 유명하지요."

난데없는 칭찬 뒤에 나젠카라 불린 제천의 후예가 말을 이었다.

"애초부터 스스로 크레논 운용에 자질이 없다고 평가하시고는 미쳤다는 이야기까지 들으며 연구에 매진하셨을 정도니까요. 자신에게조차 그렇게 냉철한데 객관적인 평가는 두말할 나위 없겠지요."

"날 모욕할 셈이냐?"

"후훗! 그럴 리가요? 저는 그저 자비에님의 말씀 그대로를 믿고 일단 물러가겠다는 겁니다."

"일단?"

"말씀드렸지 않습니까? 지엄한 왕의 명을 받았다고요. 곧 돌아오겠습니다."

방문자는 유독 '곧'이라는 말에 힘을 주었다.

"흥! 맘대로 해라. 하지만 제대로 된 각오로 와야 할 게야. 네놈들이 말하는 서천의 군대에 감당할 수 없는 피해를 입힐 자신 정도는 있으니까 말이지."

"후후후훗!"

방문자는 의미심장한 웃음을 흘렸다.

그리고는 곧 실험실을 나서는지 발걸음 소리가 들렸다.

'휴우……!'

방문자가 돌아가자 샤렌은 내심 한숨을 쉬었다. 행여 자비에가 저들에게 끌려가게 되면 자신 또한 곤란해질 게 분명했다. 애써 파놓은 굴이 쓸모없게 되는 것은 물론, 다수의 감시 속에 놓일 테니 탈출의 가능성도 낮아지게 되기 때문이었다. 샤렌으로서는 자비에의 고집을 칭찬해야 할 판이었다.

덜컹.

철제 캐비닛의 문이 열리고 자비에가 모습을 드러냈다. 예상했던 대로 그의 표정은 좋지 못했다.

"일단 암혈로 돌아가라."

"저들이 다시 올 것 같아요?"

샤렌이 조심스레 물었다.

"나젠카라면… 반드시 올 놈이지."

"그럼……?"

"시간없으니 긴말 말고 어서 암혈로 돌아가! 난 놈들을 맞을 채비를 해야 하니까."

말을 마친 자비에의 턱 근육이 실룩였다. 화가 났기 때문인지, 적을 맞이하기 위한 각오를 하는 건지 정확히 구분되지 않았다.

하지만 적어도 여기서 한마디를 더하면 호된 꼴을 당할 분위기임은 분명했다.

샤렌은 곧바로 암혈로 발걸음을 옮겼다.

Chapter 8

1

암혈로 돌아온 샤렌은 미친 듯이 굴을 파기 시작했다. 자비에의 장치들만을 마냥 믿고 있을 수는 없었다. 만약의 경우를 대비해야만 했다.

굴이 허물어질 때를 대비해 기둥 역할을 하는 부분을 만드는 것도 더 이상 신경 쓰지 않았다. 부서져 가루가 되어버린 돌을 따로 쌓아두기 위한 공간도 만들지 않았다. 그저 비스듬히 위로 향한 굴을 파고 또 팔 뿐이었다.

한 가지 바람이 있다면 이 굴이 산맥의 줄기 방향이 아니었으면 하는 것이었다. 실험실에서 본 화면만으로는 지하인지 산중의 동굴인지 파악할 수 없었던 것이다.

그렇게 한참 동안 굴을 파던 샤렌이 손을 멈췄다. 지쳐서가 아니었다.

귀를 때리는 폭음 때문이었다.

콰앙, 콰앙!

울림을 가진 소리들이 연속적으로 샤렌의 귀를 파고들었다.

'벌써?'

자비에에게나 샤렌에게나 허를 찌르는 한 수였다. 채 준비를 마치기 전에 적이 쳐들어온 것이다.

'나젠카라는 녀석, 생각했던 대로 만만치 않군.'

자비에와 대화할 때 나른한 목소리 속에 철저하게 자신을 감추던 자였다. 그런 태도를 취하는 자가 무섭다는 걸 샤렌은 잘 알고 있었다.

'미친 늙은이의 표정이 좋지 않던데… 과연 버틸 수 있을까?'

샤렌은 몸을 돌려 바닥을 기기 시작했다.

그리고 굴을 나서 암혈의 금속 문에 귀를 가져다 댔다. 바깥쪽의 정황을 조금이라도 파악하기 위해서였다.

하지만 들리는 것은 연속되는 폭음뿐이었다. 그것이 자비에의 장치가 서천의 군대를 공격하는 소린지, 그 반대인지는 전혀 짐작할 수 없었다.

다만 폭음의 크기가 점점 커지고 있다는 사실만을 느낄 뿐이었다.

'너무 빨라!'

폭음이 커지는 속도가 너무 빨랐다. 적이 거침없이 장치들을 통과하고 있다는 뜻이었다.

'아무리 미친 늙은이가 장치를 추가로 설치할 시간이 없었다고 해도 그렇지 이건 너무 빠르잖아!'

대체 뭐가 어떻게 돌아가는지 알 수가 없었다. 엄청난 숫자의 적이 몰려와도 끄떡없을 것처럼 말했던 자비에였다.

그런데 이렇게까지 빨리 방어선이 무너지는 것을 보니 뭔가 큰 변수가 있는 모양이었다.

자비에의 장치가 효용이 없을 리는 없었다.

그랬다면 앞서 찾아온 방문자가 순순히 물러날 턱이 없었으니까.

역시 자비에가 미처 예측하지 못한 변수가 개입한 게 틀림없었다.

샤렌으로서는 최악의 상황이었다.

자비에는 언제라도 뜻을 굽히면 그뿐이다.

하지만 샤렌은 달랐다. 서천의 군대에 끌려가게 되면 자비에에게서 벗어날 방도를 찾기가 요원해지는 것이다.

'포기하지 말고 무슨 수를 써봐, 미친 늙은이!'

샤렌이 자비에를 응원하는 이유는 비단 적의 적은 아군일 수밖에 없는 상황이기 때문만은 아니었다. 방문자의 말을 통해 샤렌은 자비에의 과거에 대해 어렴풋이 짐작할 수 있었다.

남들보다 뒤떨어진 부분을 보완하기 위해 동족과 다른 길을 선택했을 자비에다. 그가 미치광이 소리를 들어가면서까지 연구에 매진했던 이유도 이해가 갔다. 분야는 다르지만 자신 역시 남들이 당연시 여기는 것에 반하는 행동에 매진했던 시절이 있었기 때문일지도 모른다.

하지만 자비에에게서 느낀 작은 동질감은 짧은 감상일 뿐.

자신의 몸에 거침없이 칼질을 해대던 광기 어린 자비에의 모습을 샤렌은 잊지 않았다. 응원의 본질은 역시 자신의 안위와 생존을 위함이었다.

그러나 샤렌의 응원은 별다른 효력을 발휘하지 못하는 듯했다. 폭음은 계속되었으며 점점 가까워졌다.

실험실까지 뚫리는 것은 시간문제일 듯했다.

샤렌은 결단을 내렸다.

그는 재빨리 자신이 파놓은 굴로 들어간 후, 돌판으로 입구를 막았다.

세심히 살피지 않는 한, 이곳에 굴이 있다는 것을 알아채기란 쉽지 않은 일.

만약 이곳까지 뚫렸을 때, 저들이 자신을 발견하지 못하기만을 바라는 샤렌이었다.

2

Rhapsody Of Cardinal

샤렌이 굴에 몸을 숨기고 얼마 되지 않았을 때였다.

그그긍, 하는 기이한 소리가 들리기 시작했다. 원래 자신이 있었어야 할 암혈 쪽에서 나는 소리였다. 샤렌은 엎드린 채로 뒤쪽으로 몸을 물렸다.

동시에 엄청난 소리가 암혈 쪽에서 들리기 시작했다.

콰아아아, 쾅!

콰아아아, 쾅!

콰아아아, 쾅!

반복되는 소리는 세 번에 걸쳐 계속되었다. 소리와 더불어 강한 진동이 샤렌이 숨어 있는 굴에까지 전해져 왔다.

천장에서 돌가루가 후투툭 떨어지며 샤렌의 시야를 가렸다.

굴이 무너질 것을 염려했지만 암반의 강도가 충분한지 별다른 이상이 없었다.

바깥에서 들려오는 소리도 멎었다.

'대체 무슨 일이 일어난 거지?

샤렌은 암혈에서 벌어진 일이 궁금했다.

그는 다시 굴의 입구로 갔다.

그리고는 조심스레 굴의 입구를 막은 돌판을 옆으로 밀었다.

'에?

돌판의 틈 사이로 보이는 것이 없었다.

샤렌은 미간을 좁히고 돌판을 조금 더 움직여 봤다. 소리가 나지 않도록 조심하며…….

결과는 마찬가지였다.

무엇인가에 가로막혀 암혈의 내부가 보이지 않는 것이다.

샤렌은 손을 내밀어 자신이 판 굴과 암혈 사이를 가로막은 면을 만졌다.

차가운 감촉.

샤렌은 곧 굴과 암혈 사이를 거대한 금속이 갈라놓았다는 사실을 깨달았다. 금속은 암혈의 입구에서 자동으로 움직이던 문과 같은 재질 같았다.

'이 미친 늙은이가 대체 무슨 짓을 하는 거야?

샤렌은 굴의 입구와 금속제 벽 사이의 작은 틈으로 손을 내밀었다. 손바닥으로 더듬자 만져지는 공간 전부가 차가운 금속으로 채워져 있었다. 일종의 벽이 세워진 것이다.

아마도 암혈을 봉쇄하는 장치가 가동된 듯했다. 자비에가 극단적 위기를 맞이한 게 틀림없었다.

'이곳을 봉쇄했다는 건… 자신도 숨거나 도피 중이라는 뜻이겠지?

샤렌은 자비에의 상황을 추론했다. 성난 파도처럼 밀려오는 적을 막을 수 없을 때, 자비에가 선택할 방법은 많지 않았다. 어쨌든 이곳을 봉쇄한 건 아직까지 버티겠다는 뜻이 분명했다.

최악의 상황을 가정하자면 자신에게 주어진 시간이란 자비에가 적의 손에 넘어가지 전까지뿐이었다. 그전에 탈출할 방도를 찾아야만 하는 것이다.

샤렌은 손발을 재빨리 놀렸다. 자비에가 적들을 완전히 따돌리고 봉쇄를 풀어 자신을 이곳에서 꺼내주기만을 기다리고 있을 수는 없었다. 주어진 시간 동안, 새로운 가능성을 만들어내면 그게 최선인 것이다.

바닥을 기어 굴의 끝에 다다른 샤렌은 영시안을 개안하고 최대한 빨리 손을 놀렸다.

푸욱, 푹.

바위가 두부처럼 으깨지며 흩날렸다.

3

자비에의 얼굴에 짙은 그림자가 드리워졌다. 심혈을 기울여 설치한 장치들이 속절없이 부서져 가는 모습이 벽에 설치된 화면을 통해 보였다.

"설마 저들 셋이 한자리에 모여 있었을 줄이야!"

자비에의 쉿소리 섞인 목소리가 들끓었다. 태연하게 걸음을 옮기며 수많은 기계 장치들을 박살 내고 있는 자들의 얼굴을 알아봤기 때문이었다.

침입자의 총인원은 고작 셋뿐.

하지만 자비에에게는 대군이 몰려온 것보다 상황이 좋지 않았다. 들이닥친 세 명 모두가 하늘에 닿은 무위를 소유한 자들로 칭해지는 십존에 속해 있었던 것이다.

통칭 서천사패!

그들 중 셋이 한꺼번에 움직였다.

제아무리 대단한 장치를 설치했어도 별달리 효용을 거두지 못하는 건 당연했다. 살아 있는 전설이랄 수 있는 열 명 중 세 명이 한데 모였으니 세상에 그 어떤 것도 저들을 막을 수는 없을 것이다.

피식.

자비에가 실소를 터뜨렸다.

'오히려 괜한 수고는 덜은 셈인가?

저렇듯 곧바로 쳐들어오지 않았다면 방어를 위한 장치를 추가하느라 고생, 고생을 했을 것이다.

그래 봐야 저들에게는 아무런 방해도 되지 않았을 테니 예상외의 빠른 침입이 오히려 헛된 공을 들이지 않게 된 셈이었다.

"이렇게 되면 달리 방법이 없군."

자비에는 한숨에 섞어 씁쓸한 감정을 토해냈다.

그는 실험실 한쪽으로 처진 걸음을 옮겼다.

이어 손바닥을 벽 한쪽에 댔다. 자비에의 영시안이 열리고 손바닥에서 금빛이 일렁였다.

Rhapsody Of Cardval

그러자 나지막한 소리와 함께 벽면의 일부가 움직였다.

그르르릉.

메아리치듯 소리가 울려 퍼지며 공간이 드러났다.

샤렌이 파던 굴보다 훨씬 크고 잘 닦여진 통로가 벽면 뒤쪽에 있었던 것이다.

자비에는 망설이지 않고 통로 안쪽으로 들어섰다.

통로를 막고 있던 벽면이 제자리로 돌아갔다.

자비에는 빠른 걸음을 옮겼다. 일단 비상통로로 자리를 피하려는 것이다.

자비에가 어떻게 해서든 저들과 함께하지 않으려는 데는 몇 가지 이유가 있었다.

기본적으로 왕을 자처하는 그 녀석에게 협조하고 싶지 않았다. 시우카 때문이다. 물론 시우카를 고려할 뿐, 시우카를 위해서는 아니었다.

그 늙은이를 찍어 누르는 것은 자신이어야 했다. 새파란 애송이에게 양보할 수는 없는 것이다.

그보다 더 중요한 문제는 새로운 연구였다.

아이모탄을 자신의 것으로 할 기회.

불사지체가 될 수 있는 열쇠를 다른 녀석들과 공유하고 싶지 않았다.

지난 일을 생각하면 더욱 그랬다. 자비에의 과거는 샤렌이 어림짐작했던 것과 크게 다르지 않았다.

제천의 후예 중에서만 보자면 자비에는 크레논의 양에서나 운용에서 뒤처졌다. 이론에 있어서만큼은 자신있었으나 몸이 따르질 않았던 것이다.

그래서 자비에는 광란의 탐구자가 되었다. 무엇인가를 알아가는 기쁨도 기쁨이지만, 오직 크레논만을 숭상하는 동족들에게 뭔가를 보여주고 싶었다.

자신의 연구 결과가 크레논을 갈고닦은 저들의 능력을 뛰어넘을 수 있다는 것.

자비에는 그 사실을 입증하기 위해 평생을 바쳤다.

놈들은 그런 자신을 향해 손가락질을 했다. 자신의 연구를 도피의 방법이라 여겼다. 일찌감치 크레논을 포기하고 엉뚱한 핑계로 세월을 보내고 있다고 비난했다.

시우카는 연구 방법의 도덕성에 비판을 가했지만, 놈들은 자신의 모든 것을 폄하했던 것이다.

자비에는 어금니를 악물었고, 더욱더 연구에 매진했다. 반드시 뭔가를 보여주겠다는 결의를 다지고 또 다졌다.

그러던 중 행운이 찾아왔다. 신의 치유력을 가진 산하의 유리족이야말로 자비에에게 있어서는 최대의 행운이었던 것이다.

자비에는 샤렌을 통해 단순히 저들을 놀라게 하려던 것보다 더 큰 결과를 얻을 수 있는 단초를 잡았다.

불사지체의 완성이란 신의 영역에서만 허락된 것.

유구한 서천의 역사 속에서 그 어떤 제천의 후예도 이루지 못한 위대한 업적을 달성할 기회였다.

단숨에 저들을 발아래로 내려볼 수 있는 가능성을 찾게 된 것이다.

그런 연구 결과를 놈들과 공유한다는 것은 자비에에게 있을 수 없는 일이었다.

생각이 거기에까지 미치자 샤렌을 두고 가는 것이 마음에 걸렸다.

하지만 곧 미련을 버렸다.

'며칠 정도는 굶어도 괜찮을 테니까……'

샤렌이 갇힌 암혈은 카보타이늄을 통으로 써서 만든 벽으로 봉쇄되었다. 제아무리 십존이라 해도 봉쇄된 암혈의 안쪽으로 들어가기란 쉬운 일이 아닐 터였다.

일단 자리를 피했다가 실험체가 굶어 죽기 전에 돌아올 수만 있으면 될 일이었다.

자비에는 다시금 발걸음을 재촉했다. 아이모탄의 독점에 대한 열망을 불태우면서.

하지만 운명은 연구실의 실험처럼 정해진 인과관계를 좇지 않는다는 것을 그는 알지 못했다.

4

축축한 공기 속에 있으면서도 입술이 바짝 말랐다. 거친 숨결이 오간 탓이다.

돌가루를 잔뜩 뒤집어쓴 샤렌의 얼굴에는 피로가 가득했다. 영시안이 발하는 금빛도 흐려졌다.

제아무리 하온으로 인해 체질이 변했다고 하지만 쉬지 않고 힘을 사용해 댔으니 지치고 만 것이다.

무리한 운용으로 인한 하온의 고갈 또한 샤렌을 더욱 지치게 했다. 지금으로선 아직까지 목 아래 우측에 산재해 있는 막대한 양의 하온이 아쉬운 상황이었다.

하지만 그것에 미련을 둘 여유 따위는 없었다. 언제 서천의 군대가 돌판을 치우고 굴 안쪽으로 쫓아 들어올지 모르는 상황인 것이다.

샤렌은 어금니를 악물고 손을 앞으로 뻗었다.

퍼억.

둔탁한 음향과 함께 바위 안쪽으로 들어간 손.

그것을 바라보는 샤렌의 표정이 변했다. 평소보다 얕게 파고들어 간 손 때문이 아니었다.

바위를 뚫은 손끝에 느껴지는 서늘한 바람.

축축한 굴 안쪽과는 확연한 차이를 보이는 감촉을 느낀 것이다.

샤렌은 긴장된 표정으로 암벽에 박힌 손을 뺐다.

구멍을 통해 한줄기 빛이 들어왔다.

결론은 하나.

팔목 하나가 들어갈 정도의 깊이만 뚫어내면 더 이상 막힌 공간이 아니라는 뜻이었다.

하온을 모두 쥐어짜 사용했다고 생각했건만 바깥으로 나갈 수 있다는 생각에 샤렌은 정신없이 양팔을 놀렸다.

잠시 후 사람이 들어갈 정도의 구멍이 생겼다.

샤렌은 재빨리 구멍에 몸을 밀어 넣었다.

구멍을 통과하는 샤렌의 얼굴은 희열로 가득 찼다. 다행히 방향을 제대로 잡아 자비에의 실험실을 빠져나왔다고 생각했기 때문이다.

하지만 구멍 밖으로 고개를 내민 샤렌의 표정은 딱딱하게 굳어졌다.

구멍을 통과해 나온 곳이 암혈과는 비교도 되지 않을 정도로 넓긴 했지만 실험실의 바깥이 아님은 확연히 알 수 있었다. 사방이 암벽으로 막혀 있는 또 하나의 공간일 뿐이었다.

'이럴 수가……!'

비틀.

성공이 좌절로 바뀌는 순간.

그 견강한 의지를 가진 샤렌조차 다리에 힘이 풀리는 것을 어찌지 못했다. 지나친 하온의 운용으로 인해 축적된 피로도 한몫을 했다.

자리에 털썩 주저앉은 샤렌.

그는 멍하니 널찍한 공간을 봤다. 용도를 알 수 없는 물건이 가득 쌓인 공간이었다.

아마도 자비에의 창고 정도나 되는 모양이었다.

"젠장!"

지금껏 헛고생을 했다는 생각에 화가 치민 샤렌이 주먹을 휘둘렀다.

퍼억.

바닥에서 돌가루가 튀어 올랐고 손에서 은은한 통증이 느껴졌다. 아직까지 영시안이 열린 채지만 바위를 으스러뜨릴 정도의 하온이 모이질 않았기 때문이었다.

"하아……!"

맥이 탁 풀린 탓에 절로 한숨이 일었다.

이곳이 창고라면 언제 서천의 군대에 발견될지 모른다.

한데 자신에게는 더 이상의 무엇을 할 방도가 없었다. 다시 하온은 활성화시키려면 최소한 몇 시간은 순환을 시켜야 할 터였다.

"이렇게 끝나는 건가……?"

죽음 가운데서 되살아난 후, 많은 것이 변했다고 생각했다. 하온의 운용법을 배우는 동안의 자신은 과거와 분명 달랐다. 여자를 유혹하는 데 말고는 무엇인가에 최선을 다해본 적이 없는 그였다.

하지만 하온을 통해 강해지려는 스스로의 노력은 전력을

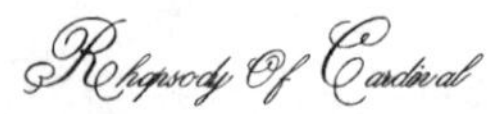

다한 매진 그 이상이었다.

그럼에도 결과는 이 실험실로 끌려오기 전과 별다를 게 없었다. 과거에 비해 힘을 얻었다고는 하지만 서천의 군대나 자비에 앞에서의 자신은 여전히 무력했다. 저들에게 있어서 자신은 도망을 치는 것마저 힘에 겨운 하찮은 존재에 불과했던 것이다.

이제 남은 것은 왕에게 바쳐져 애완동물 취급을 받거나, 자비에와 함께 서천의 군대에 끌려가서 죽을 때까지 실험 대상이 되는 일뿐이었다.

생각이 자비에한테까지 미쳤을 때, 샤렌의 붉은 화안이 일렁이기 시작했다.

편협하고, 소심한 미치광이 늙은이.

그럼에도 불구하고 이 순간만큼은 그가 자신보다 낫다는 것을 인정하지 않을 수 없었다.

비록 서천의 군대가 실험실을 유린하는 것을 막지 못했다고 해도, 그는 분명 누군가에게 인정을 받고 있었다. 삭월이든, 서천의 왕이든 평생을 두고 연구한 자비에의 결과들을 필요로 하는 것이다.

반면 자신은 어떤가?

어머니를 죽음으로 몰고 간 결과만을 두고 인생을 포기한 듯 살아왔다. 여자를 유혹하고 버리기만을 반복하며 세월을 허비했다. 한동안 목을 뻣뻣이 세우고 다녔지만, 레비크를 떠난 후에는 그것조차 여의치 않았다.

그런 자신을 인정하고 필요로 하는 이가 있을 리 없었다.

이 세상에서의 자신은 있어도 그만 없어도 그만인 것이다.

어금니가 절로 악다물어졌다.

"이 샤렌이……? 있으나마나 한 채로 실험 대상이나 노리개가 되어 죽어가야 한다고?"

죽지 않았다는 것을 깨달았을 때, 살아 있음에 기뻐했다. 삶의 소중함을 되새겼다.

하지만 거기서 끝이라면 의미가 없다.

단순히 살아 있는 게 중요한 게 아니라 어떻게 사는가 역시 중요한 문제인 것이다.

두 개의 붉은 빛이 떠오른다. 피로에 겨워 감기던 두 눈을 부릅뜬 것이다.

'또 현실을 외면한 채 도피할 수는 없어!'

문득 부릅뜬 두 눈에 낯익은 물건이 보였다.

잔뜩 쌓여 있는 상자 옆에 비스듬히 기대어져 있는 물건은 마치 자신을 바라봐 달라는 듯 기묘하게 일렁이는 붉은 광채를 발하고 있었다.

"마령?"

그것은 샤렌의 가슴에 구멍이 뚫렸을 때까지 손에 쥐고 있던 도라는 무구, 마령이었다.

마령을 보자 아스카가 떠오른다.

"샤렌님, 앞으로도 절대로 포기하지 마세요! 절대로!"

그녀가 마지막으로 해준 말이 귓가에 맴돌았다.

샤렌은 제자리에서 벌떡 일어섰다. 아스카의 말이 옳았다. 이대로 주저앉거나 포기해서는 안 된다.

샤렌은 걸음을 옮겨 마령에게 다가갔다.

손을 내밀어 도의 손잡이를 쥐었다.

아스카의 약혼자가 쓰던 무구라 생각하니 이전과 달리 친근한 느낌이 들었다.

하지만 무구는 무구.

모리엔트를 대표하는 보구답게 한쪽 면에 드러난 날카로운 면이 서늘한 느낌을 자아냈다.

그 서늘한 칼날을 보고 있던 샤렌의 머릿속에 불현듯 떠오르는 생각이 있었다.

"혹시……?"

샤렌은 두근거리는 가슴을 진정시키고 마령을 든 채로 창고의 벽면을 향했다.

그리고 암벽을 향해 마령을 휘둘렀다.

서걱.

약간의 저항감과 함께 마령은 암벽을 통과해 본래의 광채를 발하고 있었다. 마치 무를 썰 듯 바위를 가르고도 멀쩡한 모습인 것이다.

"되, 된다!"

샤렌의 목소리가 흔들렸다. 희망이 절망으로 드러난 지 얼마 되지 않아 또 다른 희망을 발견한 것이다. 자신이 갇혔던 암혈처럼 사방이 금속 재질로 막히지 않은 게 천만다행이었다.

푸욱.

샤렌은 암벽 깊숙이 마령을 꽂아 넣었다.

그리고 양 손바닥으로 뺨을 때렸다.

짜악.

날카로운 소리와 함께 정신이 번쩍 들었다.

"나 샤렌은 반드시… 놈들의 손에서 벗어나고 만다."

손을 내밀어 도병(刀柄:도의 손잡이)을 잡아가는 샤렌의 각오였다.

Chapter 9

1

그그그궁.

묵직한 기계음과 함께 비상통로의 입구가 열렸다. 실험실 바깥의 밝은 빛이 폭포수처럼 쏟아졌다.

자비에는 서슴없이 입구를 나섰다.

삭월의 무리가 저들에게 저항을 하고 있는 한, 서천의 군대가 마냥 자신의 실험실에서 버티고 있을 수는 없는 일.

며칠간 몸을 피해 있다가 다시 돌아오면 되리라 생각하며 은신처로서 적합한 곳을 떠올렸다.

애비노 폭포 주변이 제일 먼저 그려진다. 이곳과 거리도 가깝고 천연의 굴도 많아 몸을 숨기기에는 최적지랄 수 있었다.

'가는 동안만 들키지 않으면 되겠지.'

실험실에 쳐들어온 건 삼패뿐.

그들의 부하들이 실험실 주변에 배치되어 있을 가능성도 배제할 수 없었다.

'십존들만 아니라면 문제없겠지.'

타 종족으로 구성된 서천의 군대라면 얼마든지 포위망을 뚫을 자신이 있었다.

문제는 같은 동족인 제천의 후예와 맞닥뜨렸을 때였다. 어린놈이라면 상관이 없지만 제법 나이가 들었다면 문제가 된다.

같은 제천의 후예 중에서만 보자면 자신의 무력은 분명 손색이 있기 때문이다.

'어쩔 수 없이 이걸 사용해야겠지.'

가슴 언저리를 손으로 더듬는 자비에의 눈이 매섭게 빛났다. 스스로 자부심을 가질 만한 발명품 중 하나를 통해 결의를 다지는 것이다.

이 물건을 꺼내 들면 적은 반드시 죽는다.

결국은 동족을 죽여야 한다는 뜻.

제아무리 미치광이라 불리지만 동족을 죽이는 데 있어서는 자비에로서도 결의를 다지지 않을 수 없는 것이다.

"내 탓이 아니야. 뭐든 제멋대로인 그 녀석, 하리스타프가 나쁜 거라고."

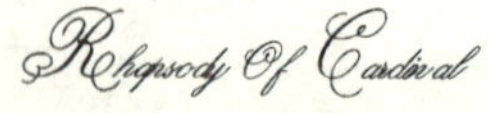

동족을 죽여야 한다는 생각에 자비에는 저도 모르게 중얼
거렸다.

"왕의 이름을 함부로 입에 담으면 죽음뿐! 이것은 심각한
경고다."

"흡!"

난데없는 목소리가 뒤쪽에서 들려왔다. 자비에는 소스라
치도록 놀라 몸을 돌렸다.

거대한 그림자가 햇빛을 가리고 있다.

'이 정도의 덩치라면……?'

떠오르는 자는 하나.

십존… 지금은 서천사패 중 일인인 마노프였다. 자신과도
나이 차이가 별로 나지 않는 마노프는 십존 중에서도 상위에
꼽히는 자였다.

심지어 단순한 무력만 놓고 보자면 하리스타프보다 아래
가 아니라는 소문도 있었다.

'젠장! 사패 전원이 이곳으로 몰려온 것이었어.'

자비에가 미간을 좁혔다. 얼굴에 드리워진 그림자가 짙어
졌다. 십존이 나타났다면 품 안의 물건도 소용이 없었다. 이
제는 어쩔 수 없이 놈들에게 끌려갈 수밖에 없는 것이다.

"나젠카가 그러더군. 쥐새끼 한 마리가 구멍을 통해 도망
갈 거라고."

꿈틀.

쥐새끼라는 말에 자비에의 표정이 변했다. 어릴 때 자신의 크레논 운용은 종종 쥐새끼의 그것에 비유되곤 했다.

이제는 말년에 이른 자비에로서는 용납할 수 없는 모욕인 셈이었다. 수치심이 정도를 넘어 분노에 이르렀다.

자비에의 날카로운 눈 끝이 더 찢어졌다.

"감히… 이 자비에님을 쥐새끼라고 부른 건가?"

"그뿐 아니지. 제천의 후예가 '예'를 포기하고 조잡한 물건에 기대는 것은 일족의 수치라더군."

자비에의 표정이 굳어졌다. 역시 나젠카는 그때의 일을 가슴에 담아두고 있는 게 분명했다.

이백여 년 전.

자비에의 광범위한 연구는 한계가 없었다. 당시 자비에는 비교적 나이가 어린 나젠카를 실험실로 끌어들였다. 몇 가지의 실험을 위해서였다. 나젠카는 그때의 일을 가슴에 담아두고 있던 것이다.

"나젠카, 그 새파랗게 어린 놈이 그렇게 말을 했단 말이지?"

"훗!"

마노프의 두꺼운 입술이 벌어지면서 바람 빠지는 소리가 났다.

"나젠카는 왕의 위대한 업을 위해 좌장군(左將軍)에 임명됐다. 쥐새끼 따위가 함부로 입에 담을 이름이 아니지."

언제나 그렇듯 십존들은 자비에를 동족 취급도 하지 않았다. 그 사실을 알고 있었지만 막상 대놓고 모욕을 당하자 자비에로서도 폭발하지 않을 수 없었다.

"좌장군이건 우장군이건 이 자비에가 입에 담지 못할 이름이 어딨단 말이냐? 하리스타프, 그놈이라 할지라도 내가 무슨 말을 하건 상관할 수 없어!"

지독한 모멸감에 자비에는 발작적으로 소리를 질렀다. 입으로 토해지는 거친 숨결은 그의 노기를 고스란히 반영했다.

하지만 그는 자신의 숨소리보다 더 거칠게 토해지는 마노프의 소리를 들었다.

후욱, 후욱.

불길하게만 들리는 소리가 유독 자비에의 청각을 자극했다.

"난 이미 말했다. 왕의 이름을 함부로 입에 담는 건 죽음뿐이라고!"

낮게 울부짖는 짐승과 같은 목소리.

그리고 산만 한 덩치에서 흘러나오는 막대한 살기.

자비에는 그제야 눈앞에 있는 자가 누군지 새삼 깨달았다.

단순한 만큼 포악하기로 유명한 자.

앞뒤 가리지 않는 그의 품성을 고려했을 때, 조금 전 자신의 발언은 지나친 바가 없지 않았다.

그렇다고 일족의 연장자로서 바로 꼬리를 마는 모습을 보일 수는 없었다. 쥐새끼라는 모욕을 받은 만큼이니 더욱 그랬다.

"훗! 죽음뿐이라고? 네놈이 떠받드는 왕이 날 데려오라고 했다면서 날 죽이겠다고 협박을 하는 게냐?"

숨 막히는 살기 속에서 위축된 스스로를 감추기 위해 일부러 강하게 나가는 자비에였다.

그럼에도 자신을 옥죄어오는 살기가 거둬지지 않는다. 당장이라도 마노프가 등에 걸고 있는 거도(巨刀)를 휘두를 것만 같은 분위기였다.

이제 와서 놈의 왕을 거론하기엔 늦은 건가 싶어 자비에는 한마디를 덧붙였다.

"쯧쯧! 게다가 동족을 앞에 두고 함부로 죽음을 논하다니."

앞서 소리를 지를 때보다는 주눅이 든 상태였으나 제법 일족의 존장으로서 체면을 지킬 정도는 되었다고 생각한 한마디였다.

과연 효과가 있는지 마노프의 퉁방울만 한 눈이 가늘어졌다.

"동족을 죽이는 건……."

자비에가 마노프의 말끝이 평소의 그답지 않게 조금 늘어지고 있다고 느끼는 그 순간.

무엇인가 번쩍하는 빛이 자비에의 시야에 나타났다가, 착각인 양 사라졌다.

"이미 내겐 흔한 일이야."

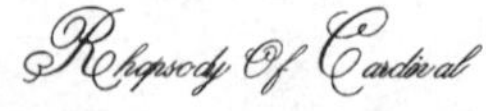

짐승의 울부짖음을 연상시키는 마노프는 그렇게 자신의 말을 마쳤다.

자비에는 두 눈을 부릅떴다.

번쩍인 빛이 사라진 다음 갑자기 시야가 붉게 변하기 시작했던 것이다.

“어……?”

이마에서 뭔가 흐르는 게 느껴진다.

마노프를 향해 대체 무슨 짓을 한 거냐 소리치려 했지만 여의치 않았다.

“커, 커어…….”

몇 차례에 걸쳐 바람이 무엇인가에 걸려 빠져나오는 듯한 소리가 날 뿐이었다.

그제야 자비에는 깨달았다. 마노프가 등 뒤에 메고 있는 거도가 이미 뽑혔다가 제자리에 돌아갔다는 것을……!

부정하고 싶은 현실을 깨닫는 순간, 자비에는 입술을 달싹였다.

비록 소리가 되어 나오지는 못했지만 입술의 모양만으로도 그가 하려던 말은 알 수 있었다.

아이모탄.

마노프는 자비에가 최후에 남긴 말을 짐작하고는 피식 웃음을 터뜨렸다. 설령 그가 아이모탄의 비밀을 알고 있다고 해도 몸이 반으로 갈라진 이상 살 수 없을 테니까.

쏴아아아아.

피분수를 쏟아내며 자비에는 두 쪽으로 나뉘었다.

쏟아져 내리는 혈우(血雨)를 고스란히 몸으로 받으며 마노프가 입을 열었다.

"왕께선 살아 있는 채로 데려오라고 하지 않으셨다는 걸 몰랐던 모양이군."

말을 마친 마노프는 몸을 돌렸다. 자비에의 시신은 부하들에게 수습하도록 하면 될 일이었다.

그때 자비에가 빠져나온 통로로 하나의 그림자가 튀어나왔다.

가늘고 긴 얼굴형이 곱상했고, 전체적으로 호리호리한 체형을 지닌 제천의 후예였다.

"이런, 이런……!"

바깥쪽 정황을 한눈에 파악한 제천의 후예가 고개를 저었다.

"그사이를 못 참으셨군요, 마노프님!"

"누구에게든 경고는 한 번으로 족하다고 말한 건 너다, 나젠카!"

마노프는 성큼성큼 걸음을 옮겨 나젠카라 불린 제천의 후예 곁을 스쳐 지나갔다.

"아, 아! 그래도 제 입장을 좀 생각해 주셨으면 얼마나 좋았겠어요."

나젠카는 둘로 나눠진 채 양쪽으로 누워 있는 자비에를 보며 혼잣말처럼 중얼거렸다.

"훗! 어차피 이런 결과를 예상하고 나를 이쪽으로 보냈던 게 아닌가, 나젠카?"

뒤쪽에서 들려온 말에 나젠카는 느릿하게 몸을 돌렸다.

"이런! 이미 알고 계셨던 건가요, 마노프님?"

여전히 걸음을 옮기고 있는 마노프의 뒤에 대고 물은 말이었다.

"넌… 원한을 쉽게 잊지 않는 남자니까!"

마노프의 대답에 나젠카는 잠시 침묵했다. 마노프는 얼추 넘겨짚은 게 아니었다. 왜 자신이 마노프를 이쪽에 배치했는지 명확히 알고 있었던 것이다.

나젠카는 피식 한번 웃은 다음 긴 한숨을 내쉬었다.

"하아! 대체 누가 감히 마노프님을 단순하다고 말할 수 있을까요?"

나젠카는 마치 마노프가 보고 있는 것처럼 과장된 표정을 지었다.

"쥐새끼가 죽은 것에 대한 책임은 내가 지겠다. 명예로운 제천의 후예 중에 미치광이가 있다는 소리를 듣는 건 나도 싫었으니까."

"아, 아! 오늘 일은 잊지 않을게요, 마노프님."

나젠카의 말에 마노프가 걸음을 멈춰 세웠다.

“그 말을 기억하도록 하지.”

“네, 네! 반드시 갚도록 하죠!”

나젠카의 입매가 하늘을 향해 당겨 올라갔다.

2

“여기가 마지막 공간입니다.”

서천회랑족 하나가 더없이 조심스럽게 이야기했다.

“이곳도 카보타이늄으로 막혀 있나요?”

앞서 입구를 카보타이늄으로 막아놓은 공간을 확인한 적이 있는 나젠카의 목소리에 짜증이 묻어났다.

“네. 이번이 두 번째입니다.”

나젠카의 존대가 황송하다는 듯 서천회랑족은 머리를 조아렸다.

“그럼 마노프님을 모셔와야겠네요. 그분이 아니라면 우리들로서는 이 정도나 되는 두께의 카보타이늄 문을 빠른 시간 동안에 부술 능력이 없으니까요.”

“곧 모셔오겠습니다.”

서천회랑족은 바람처럼 복도를 가로질렀다.

그가 마노프와 동행해 돌아오는 데는 긴 시간이 걸리지 않았다.

서천회랑족은 마노프 뒤를 쫓아왔다. 마노프의 체구가 워낙 장대해 둘이 나란히 걷기엔 복도가 비좁았던 것이다.

나젠카가 기다리는 곳에 도착한 후, 공간을 가로막은 금속제 문을 확인한 마노프가 인상을 찌푸렸다.

"이것도 열어야 하나?"

"그래 주셔야 할 것 같습니다, 마노프님."

특유의 나른함이 묻어나는 어조로 나젠카가 말했다.

"이렇게 해서까지 미친 늙은이의 물건을 손에 넣어야 할 필요가 있을까?"

"삭월의 손에 들어가지 않게 조치를 취하는 겁니다."

"삭월 중에서 카보타이뉴으로 만들어진 문을 부술 자가 있단 말인가?"

"서천 제일의 현자라 불리는 시우카입니다. 그라면 꼭 부수지 않더라도 문을 여는 방법을 찾을 수도 있겠지요."

"……."

마노프는 퉁방울만 한 눈으로 나젠카를 응시했다. 제아무리 현자라 해도 크레논의 운용을 감지하는 장치를 열 수 있겠냐는 의문을 표한 것이다.

그 시선의 의미를 짐작한 나젠카가 부드러운 미소를 지었다.

"만약의 경우를 대비하기 위함입니다."

"설령 저들에게 미친 늙은이의 물건이 넘어간다고 해도 대세에는 별문제가 없을 텐데도?"

“쥐새끼 같은 늙은이의 물건이 삭월의 손에 들어가는 걸 막는 것은 왕의 명을 받들기 위함입니다.”

왕의 명.

그것으로 충분했다.

마노프가 낮고 굵은 음성으로 말했다.

“물러서.”

나젠카와 서천회랑족은 뒷걸음질을 쳤다.

3

쿠웅.

육중한 카보타이늄 재질의 문이 틀과 함께 통째로 넘어갔다. 아무리 십존이라 해도 이 문을 열 수 없다고 생각했던 건, 자비에만의 착각이었다. 제천의 후예들이 자비에에 대해 몰라줬듯, 자비에 역시 일족이 가진 진정한 힘에 대해 몰랐던 것이다.

“정말 고생이 많으셨습니다.”

나젠카는 지친 기색이 역력한 마노프에게 말했다.

“크레논을 순환할 시간이 필요하다.”

마노프는 세 시간이 넘는 시간 동안 연속으로 카보타이늄 문 두 개를 부셨다. 전력을 다했으니 크레논을 회복할 필요가 있는 것이다.

“제가 옆을 지켜 드릴까요?”

크레논을 순환하는 동안 방해를 받으면 치명적인 위험을 초래할 수도 있었다.

이에 나젠카는 자신이 호법을 서줄까 묻는 것이다.

"사패가 있는 곳이다. 서천의 누가 있어 이곳에서 내게 해를 끼치겠는가?"

설령 삭월 전체가 쳐들어와도 문제없다. 마노프는 그렇게 주장하는 것이다.

"그렇겠지요."

나젠카가 동의하자 마노프는 통째로 뜯겨 나간 문 안쪽을 턱짓으로 가리켰다.

"저 쓸모없는 물건들이나 챙기도록."

문 안쪽에는 상자와 물건들이 가득 쌓여 있었다. 드러난 공간은 자비에의 연구 결과들이 보관된 창고였던 것이다.

"알겠습니다, 마노프님."

나젠카는 이미 몸을 돌린 마노프에게 살짝 고개를 숙였다.

4

어디선가 들려오는 소음.

그리고 누군가의 목소리.

뒤섞여 들려오는 혼잡한 소리들이 등불이 되어 표류하던 의식을 인도한다.

‘아!’

좁은 공간에 웅크리고 있다 보니 잠이 들었던 모양이었다.

숨막히는 긴장감 속에서 잠이 들다니!

그만큼 힘들었다는 뜻이었다.

샤렌은 몇 번에 걸쳐 눈을 깜빡였다. 의식이 또렷해지는 데까지는 오랜 시간이 걸리지 않았다. 피로에 지쳐 깜빡했다지만 그전까지 유지했던 긴장의 끈이 여전히 팽팽했기 때문이었다.

“뭐가 들었을지 모르니까 조심하라고!”

바깥쪽에서 누군가 짜증 섞인 목소리로 잔소리를 늘어놓았다.

“서둘러! 마노프님께서 크레논 순환을 마치시기 전에 물건을 다 옮겨놓으라는 나젠카님의 지시야.”

발자국 소리, 상자가 부딪치는 소리들이 계속해서 들려왔다.

얼핏 들어도 바깥쪽 상황이 훤히 보였다. 서천의 군대가 자비에의 창고 안 물건을 옮기고 있는 것이다.

‘자비에는 어떻게 됐지?’

창고가 털리고 있다는 것은 당연히 그가 왕의 군대를 막아내지 못했다는 뜻이다. 샤렌이 궁금한 건 자비에의 거취였다. 서천의 군대에 투항을 한 건지, 아니면 도피를 한 건지 아직은 판단을 내리기에는 일렀다.

Rhapsody Of Cardival

‘이곳에 피해 있기를 잘했군.’

손에 쥔 마령을 보며 샤렌은 생각했다. 살아야겠다는 의지를 다시금 불태운 샤렌은 믿기 힘들 정도인 마령의 예기(銳氣)를 확인하고는 하나의 아이디어를 냈다.

이곳에 도착하기 전 굴을 파고 그 굴을 가렸을 때에 착안해 창고 안 암벽에 하나의 공간을 만들기로 한 것이다.

지친 몸을 생각해 보면 당장 마령을 이용해 또 다른 굴을 뚫어 도망치는 것은 무리인 상황.

샤렌은 그저 제 몸 하나를 숨길 공간을 파는 데 집중했다.

언제 서천의 군대가 들이닥칠지 모르니만큼 전력을 다했다. 반듯하게 잘라낸 암벽은 아귀를 맞춰 공간의 문 역할을 하게 했고, 안쪽에서 파낸 돌가루는 창고에 있던 빈 부대에 채워 넣었다.

다행히 서천의 군대가 들이닥치기 전에 자세히 살피지 않는다면 알아챌 수 없는 공간을 만들 수 있었다. 모두가 바위를 무처럼 토막내는 마령의 날카로움 덕분이었다.

샤렌은 좀 더 바깥쪽에서 들려오는 소리에 집중했다. 옮겨야 할 물건이 많은지 소란은 계속되었다. 그들이 나누는 대화에 집중해 봤지만 자신을 찾는 분위기는 아니었다.

적어도 자비에가 자신에 대한 언급은 하지 않은 게 분명했다. 자신처럼 어디에 숨었거나, 도망쳤거나, 최악의 경우 저들에게 죽었을 수 있다.

‘어느 쪽이든 내겐 기회일 수 있겠군.’

자비에가 찾아오기 전에 이곳을 빠져나가는 것을 시도해볼 기회가 왔다. 중요한 건 그전에 서천의 군대에게 들키지 않는 것이었다.

샤렌은 숨소리조차 조심했다. 하온을 운행할 때처럼 호흡을 가늘고 길게 유지했다.

“호오! 벌써 크레논의 순환을 마치신 겁니까?”

바깥쪽에서 귀에 익은 목소리가 들렸다. 나른함이 뚝뚝 떨어지는 목소리.

나젠카라고 했던가?

샤렌이 판단하기에도 상대하기 껄끄러운 심기를 가졌던 제천의 후예.

그의 목소리였다.

“아직도… 인가?”

저음의 굵직한 목소리가 나젠카의 말을 받았다. 못마땅한 기색이 엿보이는 어투였다.

“무려 4백여 년 동안 만들어낸 물건들이니까요. 숫자가 꽤 되네요.”

“그 늙은이가 만든 물건들 전부를 필요로 한다는 건가?”

“아, 아! 저 상태라 일일이 분류를 할 수는 없으니까요.”

저 상태란 상자에 넣어지고 부대에 담겨진 것을 말하는 것이리라.

"게다가 일일이 분류를 하자면 이곳에 더 오랜 시간을 머물러야 했을 겁니다."

"삭월의 손에 넘기지 않는 게 목적이라면 차라리 다 태워버릴 것이지."

이곳에서 시간을 보내기보다는 태우는 쪽이 낫다는 식이었다. 굵은 목소리의 주인공은 꽤나 과격한 성품인 듯했다.

"후후훗! 저 중에 왕께서 홍미를 느끼실 물건이 없다고 단정 지을 수는 없으니까요."

"홍, 미친 늙은이의 장난감 따위에 불과한 것을!"

"이제 다 끝나갑니다. 상자 몇 개만 남았을 뿐인걸요."

나른한 나젠카의 목소리는 굵은 목소리의 인내를 권유했다. 공손하기 짝이 없는 말로 달랬는데도 굵은 목소리가 한 걸음 물러서는 것을 보니 역시 만만치 않은 자였다.

'언제라도 저 녀석을 만나게 되면 조심해야겠군.'

물론 샤렌의 입장에서는 그런 일이 발생하지 않는 게 최선이었다.

"전부 수레에 옮겼습니다, 나젠카님."

누군가의 보고.

"그럼 서둘러 출발하도록 하지요. 마노프님, 가시지요."

나젠카의 목소리가 들리기도 전에 쿵, 쿵 하는 발자국 소리가 울렸다. 일부러 저런 소리를 내는 게 아니라면 마노프라 불린 자, 체구가 엄청나게 큰 것이 틀림없었다.

잠시 후 마지막 소란이 들리더니 바깥쪽이 잠잠해졌다. 아마 모두 창고를 벗어난 듯싶었다.

하지만 샤렌은 숨을 죽인 채 꼼짝도 하지 않았다. 저들이 완전히 실험실을 벗어날 때까지 안심할 수가 없었기 때문이다.

그렇게 한참을 기다린 후, 샤렌이 막 입구를 막은 직사각형의 돌판을 치우려 할 때였다.

"흐음……!"

바깥쪽에서 낮은 콧소리가 들려왔다.

샤렌은 그대로 굳어 꼼짝도 하지 않았다.

"역시 신경 쓸 만한 뭔가는 없는 건가?"

나젠카의 목소리였다.

샤렌은 등에서 식은땀이 주르륵 흐르는 것을 느꼈다. 마치 나젠카의 눈이 자신의 손끝에 닿아 있는 돌판을 직시하고 있는 것만 같았다.

"카보타이늄으로 꽁꽁 싸놓은 방이 비어 있기에 뭔가가 더 있을 줄 알았더니……!"

아마도 자신이 갇혀 있던 암혈을 이야기하는 것이리라.

"쳇! 정말이지 기대할 것이 없는 늙은이였군. 죽은 늙은이에게서 건진 게 품에 감추고 있던 무기 하나뿐이라니. 조금 실망스러운데……."

죽은 늙은이!

나젠카가 중얼거린 한마디로 샤렌은 자비에의 운명을 알아차렸다.

그렇게 자신을 괴롭혔음에도 샤렌은 자비에의 죽음이 달갑게 느껴지지 않았다. 그에게 하온의 운용법을 배웠기 때문도 아니고, 괴팍한 성품이 형성된 과정에 막연한 동질감을 느꼈기 때문도 아니었다.

분명 저 제천의 후예는 자비에를 데려가려 했지, 죽이려 들지 않았었다.

한데 자비에가 죽음을 맞이했다는 것은 그의 처우에 대해 큰 의미를 두지 않는다는 뜻.

이는 곧 산하의 유리족에 불과한 자신을 어떻게 생각할지에 대한 근거가 되는 결과였다.

'조금 전 내가 여길 나섰다면 어떻게 되었을까?'

생각만 해도 가슴이 두근거렸다. 그와 같은 긴장감이 자비에의 죽음 자체보다 샤렌을 더 강하게 옥죄고 있었던 것이다.

잠시 후, 바깥에서 들려오던 기척이 사라졌다.

나젠카가 창고를 나선 모양이었다.

하지만 샤렌은 꼼짝조차 않고 문을 열려던 자세 그대로 멈췄다. 아예 움직일 생각도 못하는 것이다.

Chapter 10

Rhapsody Of Carnival

1

손발이 저리고 무릎이 쑤셔오자 샤렌은 자세를 바로 하고 하온을 순환시키기 시작했다.

곧 피로가 가시고 불편함마저 잊었다.

그가 눈을 떴을 때는 얼마나 오랜 시간이 흘렀는지 알지 못했다.

텅 빈 뱃속만이 제법 오랜 시간이 흘렀음을 주장하고 있을 뿐이었다.

그럼에도 샤렌은 쉽사리 돌판을 밀어내고 창고로 나서지 못했다. 실험실 밖으로 전부 나갔다고 생각하는 순간, 되돌아와 확인을 했던 나젠카라는 제천의 후예 때문이었다.

　애초 완벽하게 허를 찔렀던 실험실의 기습까지 생각하면 생각할수록 두려운 심기의 소유자였다.

　일단은 굶어 죽기 직전까지, 버틸 수 있는 한 최대로 버틸 작정이었다. 목적을 가지고 접근했던 자비에마저 죽여 버리는 놈들이니 한 치의 소홀함도 있어서는 안 될 일인 것이다.

　그때 샤렌의 귀에 노래를 하는 듯한 목소리가 들렸다.

　"샤를로엔님! 샤를로엔님!"

　샤렌은 감고 있던 눈을 번쩍 떴다.

　'아스카!'

　바깥쪽에서 들려온 목소리는 분명 아스카였다. 지난날 매일 밤 그녀의 목소리를 들으며 위안을 삼았으니 틀림없었다. 비록 얼굴 한 번 못 본 사이지만 반가운 마음이 와락 들었다.

　저도 모르게 돌판을 밀어내고 밖으로 나가려던 샤렌.

　순간적으로 몸을 멈추고 청각에 신경을 집중했다. 이미 허를 찔린 경험이 있으니 좀 더 주의를 기울일 필요가 있었다.

　"서천의 군대에게 끌려간 걸까요?"

　노래하는 듯한 어조.

　운율을 타는 아름다운 목소리가 들렸다.

　"시신은 없으니 그렇게 생각하는 게 좋겠지."

　부드러운, 하지만 세월의 연륜이 묻어나는 목소리가 아스카라 생각되는 목소리를 받았다.

　잠시의 침묵이 이어졌다.

Rhapsody Of Cardival

“역시 시우카님께서는 실험실 바깥쪽 혈흔이 샤를로엔님의 것일지도 모른다고 생각하시는군요.”

흔들리는 목소리였다.

들리는 대로만 판단하자면 현자 시우카와 아스카가 이곳에 도착한 셈이었다.

하지만 아직도 샤렌은 움직일 생각을 안 했다. 시기가 너무 공교로웠다. 비록 서천의 군대가 떠난 후 한참이나 지났다지만, 곧이어 삭월인 시우카와 아스카가 이곳에 나타났다는 걸 우연으로만 받아들이기 힘들었다.

“자비에의 것일 가능성이 더 적지 않겠느냐? 네 심정이야 이해하지만, 마음의 준비는 해두는 게 좋겠구나.”

“설령 그 혈흔의 주인이 샤를로엔님이라 해도 꼭 죽음을 단정할 수는 없어요.”

“하긴 자비에가 사정을 봐줘가면서까지 연구할 치유력이라면 꼭 죽었다고 볼 수는 없겠지.”

“제발 왼쪽을 다친 게 아니었어야 하는데…….”

들려오는 목소리의 마지막 말 한마디가 샤렌의 마음을 움직였다. 암혈에서 아스카와 대화를 나눈 것 중에 자비에의 연구 내용도 포함되어 있었다. 왼쪽과 오른쪽의 치유, 회복의 속도가 엄청나게 차이가 난다는 말도 했다.

자비에가 죽은 마당에 서천의 군대에서 그 사실을 알고 있는 자는 없으리라.

샤렌은 공간의 입구를 막은 돌판을 옆으로 밀어냈다. 가급적 기척을 내지 않은 상태에서 바깥쪽을 먼저 확인하고 싶었지만 그극, 하는 마찰음이 일었다.

"누구냐?"

경각심을 곤두세운 남자의 목소리.

시우카의 것이리라.

기왕 상대가 알아차렸으니 더 이상 망설일 이유가 없었다. 샤렌은 과감히 돌판을 밀어내고 구멍 밖으로 나섰다.

잿빛 피부에 긴 수염을 기른 노인 한 명과 반짝이는 은발의 여인이 보였다.

"유리족?"

수염을 길게 기른 부드러운 인상의 노인이 의외라는 표정을 지었다.

한편 눈부시게 아름다운 여인의 별처럼 빛나는 은안이 자신의 손 쪽을 본다. 정확히는 자신의 손에 들린 무구, 마령을 보는 것이었다.

"샤를로엔님?"

떨리는 목소리로 묻는 아스카.

샤렌은 살짝 고개를 끄덕였다. 자신이 아스카를 처음 보듯, 그녀 역시 자신을 처음 본다. 그러니 자신이 맞다고 확인을 시켜주는 것이다.

"무사하셨군요!"

아스카의 반짝이는 눈망울이 흔들린다. 한 치의 거짓말도 없는 기쁨의 표현임을 샤렌은 알 수 있었다.

이에 그는 깨달았다. 이제야 자비에와 서천의 군대에게서 벗어날 수 있게 되었다는 사실을…….

2

"하아! 결국 그렇게 됐군."

샤렌의 이야기를 들은 시우카의 한숨이 그의 긴 수염 끝에 이르렀다. 자비에에 관한 이야기였다.

비록 상호 경원시하는 사이였다 해도 비슷한 연배인 두 사람이었으니 자비에의 죽음에 대한 감회가 남다른 것이다.

게다가 서천의 군대가 자비에를 찾은 건 삭월과 무관하다 할 수 없었다.

그에 대한 염두가 없었던 것은 아니나 최악의 경우라 해도 자비에가 저들에게 끌려가는 것만을 가정했다. 설마하니 목숨을 잃을 거라고는 상상치 못했던 것이다.

연배를 같이한 동족의 죽음과 일말의 책임감이 시우카의 한숨에 무게를 실었다.

"어쨌든 마노프와 나젠카 둘만으로는 그토록 손쉽게 자비에의 장치를 뚫지 못했을 테니… 서천사패 전원이 이 일에 나섰다고 봐야겠군."

시우카는 주름진 이마의 골을 깊게 하며 말했다. 샤렌이 창고에서 들었던 이름을 자비에에게 이야기를 해줬던 것이다.

"자비에님의 실험실을 위해 그들 전원이 모인 걸까요?"

시우카의 말을 받은 질문은 노래를 하듯 말하는 아스카였다. 밤하늘 은하수처럼 쏟아지는 은발, 둥글게 휜 눈썹 아래의 눈에는 깊은 수심이 어렸다. 사패가 한데 모여 움직인다는 것은 삭월에게 있어서 커다란 위협일 수밖에 없었던 것이다.

시우카는 고개를 가로저었다.

"자비에의 연구가 가치가 있다 해도, 사패 전원이 나설 정도로 급할 이유는 없었을 거야."

"그렇다면……?"

"알포네에 저들이 우리보다 먼저 발견한 결계의 핵이 있다고 봐야겠지. 삭월이 끼어들 틈조차 없이 핵을 파괴하기 위해서라면 사패 전원이 나섰다 해도 이상할 게 없으니까 말이야."

말을 하는 시우카도, 그 말을 듣는 아스카도 심각한 표정이었다. 조율자인 고룡 아르고스의 안배를 등에 업고도 시간이 지날수록 서천의 군대를 감당하기가 점점 어려워지고 있는 것이다.

"그 일은 그렇고… 샤를로엔이라고 했던가?"

"샤렌이라고 불러주십시오."

"알겠네, 샤렌. 이 자리를 빌려 자네에게 다시 한 번 정식으로 감사의 뜻을 전해야겠네."

"아니요, 제가 감사를 드려야지요."

"우리야 저들이 다 물러간 뒤에서야 실험실에 이르렀으니 자네의 감사를 받을 이유가 없지. 저들이 우리에 대해 알고 움직인 것에 비해 우리는 저들의 동향에 대해 너무 늦게 대처하고 말았네."

"아닙니다. 뒤늦게라도 와주셔서 제겐 큰 도움이 되었습니다."

샤렌의 말은 진심이었다. 시우카가 이끄는 삭월이 자비에의 실험실에 찾아오지 않았다면 쉽게 움직일 생각을 못했을 터였다. 저들과 언제 마주칠지 몰라 실험실을 벗어나는 것 자체가 부담스러웠던 것이다.

"모든 게 우리의 힘이 너무 미약한 탓이네. 저들은 지나치게 강대한 힘을 얻었어."

시우카는 안타까운 표정을 짓고 말을 이었다.

"자넨 우리를 대신해 레타니아의 원한을 갚아줬는데, 우리로서는 자네에게 무엇인가를 해줄 여력이 부족하군그래."

"천만의 말씀입니다."

사실 샤렌으로서는 이들의 호의적인 태도 또한 부담스러웠다. 진짜로 오트라마를 물리친 건 이오나였고, 그를 죽인 건 테오타신이었기 때문이다.

"아마도 자넨 동천… 산하로 되돌아가고 싶겠지?"

시우카가 깊은 눈으로 물었다.

"네."

시오카는 솔직한 샤렌의 대답에 고개를 끄덕였다.

그리고는 낮고 무거운 목소리로 말했다.

"솔직히 우리 삭월이 저들을 얼마나 오랫동안 막을 수 있을지 자신이 없네. 짧으면 3년일 테고 길어야 4년……? 그 후 대륙의 조화는 유지될 수 없을 테지."

모리엔트의 이종족이 대륙으로 몰려 내려갈 거라는 뜻이었다. 하나하나가 괴물 같은 저들이 산 아래로 내려온다고 생각하니 샤렌은 끔찍하기 짝이 없었다.

"만약 그때까지 우리가 살아남을 수 있다면 다시 볼 수 있겠지."

삭월이 결계를 방어하는 것은 사실상 자신을 포함한 인간들을 보호하는 것에 다름이 없었다. 시우카가 지키려는 조화는 결국 모리엔트와 대륙의 공존인 것이기 때문이다.

"원래대로라면 지금 이곳에서 벌어지는 일을 널리 알려 저희도 어르신과 여러분들을 도와야 할 테지만……."

샤렌은 말끝을 잠시 흐렸다가 다시 입을 열었다.

"산 아래에서도 갈등과 분쟁이 끊이질 않고 있습니다. 이곳으로 눈을 돌릴 겨를이 없을 정도지요."

말을 마친 샤렌은 가슴이 답답해졌다.

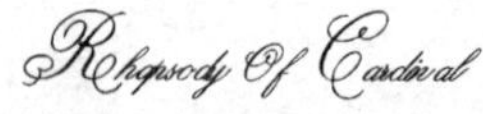

서천의 왕이 바라는 패업은 인류 전체에 큰 위협이었다.

하지만 자신이 알포네에서 내려가 그 사실을 떠든다고 해도 누가 믿어주겠는가?

설령 몇몇이 믿어준다고 해도 세상의 흐름에는 일말의 변화도 줄 수 없을 것이다.

뭐가 달라지겠는가?

성전은 발발할 테고, 필연적으로 인간들끼리 죽고 죽이는 결과를 가져올 것이다.

헛되이 흘려보낸 자신의 인생이 또다시 후회스러웠다. 어느 분야에서건 무력하지 않은 자신을 발견하지 못했던 것이다.

"저들의 군대를 막고 조화를 지키는 건 우리의 일일세. 자네와 자네 동족의 도움을 기대할 수는 없는 일이지."

시우카는 위로하듯 말했다.

하지만 샤렌의 어두운 표정은 밝아지지 않았다.

"서로 각자가 할 수 있는 곳에서 최선을 다하면 될 일일세. 우리는 이곳에서, 자네는 산 아래에서 말이지."

시우카는 샤렌의 표정을 통해 그 속내를 읽었는지 샤렌의 어깨에 손을 얹으며 말했다.

"아무리 최선을 다한다 해도 저 자신이 너무나 보잘것이 없습니다. 이곳에서도, 산 아래에서도 제가 할 수 있는 일은 거의 없다고 해도 과언이 아닙니다."

샤렌은 가슴에 맺혀 있는 말을 솔직히 꺼내들었다. 평소와 는 달리 감정이 격해진 데다가 시우카의 따스한 한마디, 한 마디가 마음에 와 닿았기 때문이다. 부친에게도, 형에게도 이런 격려를 받아본 게 언제인지 기억이 나질 않는 샤렌이었 다.

"카르란의 은총이 함께하는 자네가 이곳 알포네에서 우리 와 특별한 인연을 맺은 것은 우연이 아닐 게야."

"맞아요. 마령이 샤를로엔님을 주인으로 선택한 것에도 반 드시 이유가 있을 거예요."

아스카가 시우카의 말을 거들었다.

"우리에게 이런 인연이 허락된 이상, 하리스타프는 자신이 품은 야망의 끝을 보질 못할 걸세."

확신에 찬 시우카의 말에 샤렌은 조금 당황하고 말았다. 이 야기가 걷잡을 수 없이 치닫고 있었던 것이다.

시우카는 삭월과 자신의 인연이 대륙 전체의 운명에 영향 을 끼친다고 말하고 있었다.

그러나 냉철히 말하자면 서천에서 발생한 사단의 결과가 인간 세상에 지대한 영향을 끼칠 뿐이었다.

자신과 삭월의 인연이 인류의 운명을 결정지을 수 있다는 이야기는 샤렌에게 있어서 저 세키나 교의 교단에서 말해지 는 신화보다 허황되게만 들렸다.

순간적으로 무능력한 자신에 대한 유감을 드러낸 것은 인류 전체에 대한 위기감, 그리고 시우카의 따스한 한마디에 순간적으로 감정이 격앙되었기 때문일 뿐이었다. 실제로 자신이 이 사건에 뛰어들어 뭔가 큰 역할을 해낼 각오를 드러낸 것과는 거리가 있었던 것이다.

그런 샤렌의 속내를 또 읽어낸 것처럼 시우카가 말했다.

"산하의 유리족에 대해 아는 바는 적지만, 말년의 자비에가 평소의 모습을 양보해 가며 욕심을 낸 자네일세. 그 특별함에 대해 의심하지 말게."

하온을 흡수하게 되고, 또 운용할 줄 알게 되면서 분명 과거와는 달라졌다.

그렇다고 해서 자신이 특별한 걸까?

손으로 바위를 으깨고 하온의 활성화를 통해 폭발을 일으키는 능력을 얻게 되었다 해도 대륙 전체를 보자면 보잘것없는 재주에 불과할 것이다.

하물며 서천의 이종족들을 상대하는 데는 아무런 도움이 되지 않을 게 분명했다. 바로 얼마 전까지만 해도 그들을 피해 도망 다니기에 바빴던 자신인 것이다.

"자비에가 자네에게 제천의 후예만이 간직해 온 비밀을 전하고, 타이루트의 의미를 설명한 것은 하늘이 정한 운명이라고 볼 수밖에 없네. 세상에 우연이란 존재하지 않으니 말일세. 모든 것은 제자리를 찾게 마련이고, 그것이 바로 조화이며 타이루트 그 자체니까. 자네는 자네가 있을 곳에 있음으로

써 우주의 조화에 기여를 하게 되는 것이네."

"제가 있을 곳이요?"

"앞으로의 일이니만큼 자네에게는 있어야 할 곳이 되겠지. 그것을 피하지만 않으면 될 일이야."

샤렌으로서는 도무지 이해할 수 없는 모호한 말이었다.

하지만 시우카가 자신에게 뭔가를 기대하고 있다는 것만 큼은 알 수 있었다.

샤렌은 그와 같은 기대가 갑작스러웠고, 또 감당할 수 없을 만큼 무겁게만 느껴졌다.

와중에 불현듯 떠오른 의문이 있었다.

"그런데 제가 제천의 후예에게만 전해지는 운용법을 배웠는데 괜찮겠습니까?"

자비에는 필시 자신을 죽여 금기를 어긴 비밀을 지키려 했을 것이다. 그와 같은 대단한 사안을 알고 있으면서도 별달리 주의를 기울이지 않는 시우카의 태도가 샤렌으로서는 궁금하지 않을 수 없었다.

"자네의 몸 안에 타이루트가 존재하는 것을 믿는 만큼, 우주가 이루려는 조화의 의지를 확신하면 될 일일세. 이미 말했듯 자네에게 우리 일족의 비밀이 전해진 것도 운명이 아니겠는가? 자네가 확신을 할 수 있다면 그것으로 모든 건 족하네."

머나먼 하늘을 바라보며 시우카는 그렇게 결론을 내렸다.

3

푸른 안개와 같이 보이는 결계 앞에 두 사람이 서 있었다.

적발화안의 한 남자와 은발은안의 한 여자였다.

"제가 배웅해 드릴 수 있는 곳은 여기까지예요."

아스카가 노래하듯 말했다. 그녀는 샤렌이 서천의 군대를 피해 알포네를 벗어날 수 있도록 이곳까지 안내를 해준 것이다.

"고마워요, 아스카."

"샤를로엔님, 부디 몸조심하세요!"

아스카는 시종일관 은인을 대하는 극진한 태도를 유지했다.

샤렌은 아스카를 향해 손을 내밀었다. 서천의 보구, 마령을 든 손이었다.

"……?"

"돌려드릴게요. 당신 약혼자의 물건이잖아요."

샤렌은 도집이 없어 천으로 둘둘 말아둔 마령을 아스카에게 건네려 했다.

"아니요."

아스카는 단호한 표정으로 말했다.

"레타니아님은 마령과 하나였어요. 비록 그분이 죽었다고 해도 그 혼만큼은 마령과 함께할 거예요.”

“그러니 당신이 마령을 가지고 있어야…….”

“마령이 당신을 택한 건 곧 레타니아님이 당신을 선택한 거예요. 거기엔 반드시 이유가 있을 터, 전 그분의 뜻을 지켜 드리고 싶어요.”

샤렌은 잠시 은빛으로 반짝이는 아스카의 눈을 바라봤다. 확고한 의지가 역력히 드러나는 눈이었다. 여자가 저와 같은 눈빛을 보일 때라면 더 이상의 설득은 무의미했다.

“알겠어요. 일단 이건 제가 보관하도록 하죠.”

언젠가 다시 돌려주겠다는 의미의 말이었다.

“보관이 아니라 함께해 주세요! 그래야 마령이 가진 진정한 힘을 이해하실 수 있을 테니까요.”

“당신의 정혼자가 그랬던 것처럼요?”

“그래요. 레타니아님께서 그랬던 것처럼 말이에요. 그분은 자신이 먼저 마령에게 마음을 열었을 때 마령이 본연의 힘을 빌려준다고 하셨어요.”

모리엔트 제일의 현자라는 시우카도, 은휘족의 아름다운 여인인 아스카도, 이상할 정도로 많은 기대를 걸고 있었다.

트라시아의 변방이랄 수 있는 크샤트린 출신의 망나니에 불과한 자신에게 과연 세상의 조화를 유지하는 데 일조를 할 만한 역량이 있을지 의심스러웠다.

그저 제 한목숨 건사하는 데도 쩔쩔매고 있을 뿐인 자신이 아닌가?

하지만 샤렌은 시우카와 아스카의 말로 인한 부담감을 떨쳐 내기 위해 자신의 속내를 꺼내들진 않았다. 자신을, 아니, 마령을 통해 기적을 바라는 아스카의 염원이 너무나 절실했기 때문이었다.

"당신의 약혼자만큼은 안 되겠지만, 최선을 다해 마령 본연의 힘을 엿볼 수 있도록 할게요. 대신 한 가지만 약속해 줘요."

"무슨 약속을 말씀하시는 건가요?"

"내가 마령과 마음이 통하는 걸 당신이 두 눈으로 꼭 확인하겠다고… 그렇게 하겠다고 약속해 줘요."

샤렌의 말을 들은 아스카의 은안이 흔들렸다. 언젠가 그날이 올 때까지 죽지 말고 있어달라는 이야기였던 것이다.

"반드시… 샤를로엔님께서 마령과 하나 되는 모습을 볼게요."

"꼭이요?"

"네, 꼭이요."

아스카는 웃었다.

샤렌도 마주 웃었다.

잠시 그렇게 마주 보고 웃는 두 사람이었다.

먼저 몸을 돌린 것은 샤렌이었다.

그는 푸른 안개와 같은 결계를 향해 성큼성큼 걸음을 옮졌다.

4

  예전보다 훨씬 강한 이질감.

  무엇인가가 몸 안을 기어다니는 듯한 괴이한 느낌을 참아
내면서 샤렌은 결계를 통과했다.

  그리고 뒤를 돌아봤다.

  푸른 안개 너머로 아스카의 모습이 보였다.

  그녀가 손을 흔들었다.

  샤렌은 마령을 높이 들어 보였다.

  아쉬움을 뒤로하고 다시 몸을 돌렸을 때, 샤렌은 새삼 자신
이 모든 위기를 극복했다는 사실을 체감했다. 일일이 돌이켜
생각하기조차 싫은 끔찍한 결과를 모두 피하고 알포네를 벗
어나게 된 것이다.

  뒤쪽의 아스카를 염두에 두지 않았다면 아이처럼 폴짝폴
짝 뛰며 환호를 지르고 싶은 심정이었다.

  '결국 난 살아남았어!'

  그것 하나로 충분했다. 모리엔트에서의 악몽 같은 시간의
기억도, 인류가 겪어야 할 앞으로의 위기에 대한 염려도, 이
순간만큼 샤렌을 방해하지 못했다.

  지금은 살아 있음으로 기뻐할 때였다.

살아간다는 것의 가치를 모른 채, 저절로 눈을 뜬 것과는 확연히 구분되는 기쁨이었다. 살고자 하는 염원 속에서 활로를 찾았기에 그 충만한 기쁨을 형언할 수조차 없었다.

들뜬 마음에 저도 모르게 발에 힘을 줬다.

콰앙.

땅이 움푹 파이며 샤렌의 몸이 앞으로 쏘아졌다. 영시안의 하온이 타이루트를 그린 후 얻게 된 신체적 능력을 처음으로 마음껏 사용하는 것이다.

한 번의 도약마다 예전이라면 상상조차 할 수 없는 거리를 뻗어나갔다.

그 빠른 속도 속에서도 모든 게 선명하게 보인다.

달리는 앞쪽을 가로막은 커다란 바위.

망설임없이 땅을 박찼다.

허공을 가르고 솟구치는 몸.

마치 하늘을 나는 듯한 기분이 든다.

비탈진 산 아래쪽이 보인다.

자신이 가야 할 곳.

인간들의 세상이다.

얼굴을 스치는 바람이 더없이 상쾌했다.

Chapter 11

1

야심한 밤.

두 마리 말이 초원을 질주한다.

"대체 어쩌려고 이러십니까?"

말 위에서 장대한 체구의 한 사내가 물었다.

"내가 뭘?"

앞서 달리는 풍성한 옷을 입은 자가 쾌활한 목소리로 대답
했다. 그는 품이 넉넉한 옷을 입었음에도 뒤쪽의 말을 탄 사
내보다 훨씬 체구가 작았다.

검은색 비단으로 만들어진 그의 옷은 금색과 은색 실로 화
려한 자수가 놓여 있었다. 한눈에도 범상한 물건이 아니었다.

“하아! 몰라서 그러십니까?”

“당연히 모르지.”

가늘고 앳된 목소리는 시치미를 떼고 있었다.

“이 사실이 알려지면…….”

“걱정하지 마, 구에프. 모두 내가 책임진다니까!”

“하지만…….”

“하지만은 무슨! 언제 성전이 벌어질지 모르는 일이잖아. 일단 한 번 터지면 언제 끝날지 모르는 성전이기도 하고 말이야. 이렇게 아무 걱정 없이 엔살룸 주위를 달릴 수 있는 기회가 또 언제 올지 모르잖아?”

구에프라 불린 자는 더 이상 말을 하지 않았다. 틀린 말이 아니었다. 이 푸른 초원의 풀들은 머지않아 아군과 적군의 군화와 군마의 발굽에 짓밟히게 될 것이다.

그 와중에 엔살룸 부근에서 말을 타며 즐긴다는 것은 불가능한 일이었다.

“날이 새기 전에 돌아가셔야만 합니다.”

“걱정하지 말라니까!”

호쾌한 대답과 함께 풍성한 옷을 입은 자는 승마용 채찍을 휘둘렀다.

곧 그의 말이 앞서 나가기 시작했다.

“약속 꼭 지키셔야 합니다, 브리올렛님!”

구에프는 말의 옆구리를 차 브리올렛이라 불린 자의 뒤를 쫓기 시작했다.

2

“봐! 로난 강이야.”

브리올렛이 말을 세우며 말했다.

구에프는 재빨리 고삐를 잡아당겼다.

브리올렛이 멈출 것을 미리 알고 있었다는 듯 깔끔하게 멈추는 말.

그 장면만으로도 구에프가 얼마나 뛰어난 기마술을 지녔는지 짐작케 했다.

“샤보레라는 시인이 달을 품은 로난 강이 얼마나 아름다운지 여러 번 노래했지.”

브리올렛은 면갑 위로 드러난 커다란 눈을 몽환적으로 뜨며 왼쪽 편으로 흐르는 강을 바라봤다.

“좀 더 가까이서 보는 게 좋겠어. 샤보레의 말처럼 로난 강이 알레르 강보다 더 운치가 있는지 확인해 봐야지.”

알레르 강은 브리올렛의 고향인 발키리안에서 가장 아름다운 강 이름이었다.

브리올렛은 강변으로 향하려는 듯 고삐를 왼쪽으로 당겼다.

그때 구에프가 브리올렛의 말 반대편 고삐를 잡아챘다.

“왜……?”

브리올렛이 고개를 돌렸을 때, 구에프의 오른손은 허리춤에 찬 검의 힐트에 얹어져 있었다.

“강변에 누군가 있습니다.”

구에프의 두 눈이 날카롭게 빛을 냈다.

브리올렛은 그의 시선이 향하는 쪽으로 고개를 돌렸다.

과연 저 먼 곳에 불빛이 일렁이고 있었다.

“북부군?”

브리올렛이 미간을 찌푸리며 물었다.

구에프는 고개를 저었다.

“모닥불은 하나뿐입니다. 게다가 이곳은 엔살룸의 이남. 남부혈맹(南部血盟)의 세력권입니다.”

적의 군대가 주둔할 만한 위치가 아니라는 뜻이었다.

“그럼 북부군의 정찰병일까?”

“정찰병이라면 모닥불을 피워 자신이 있는 곳을 노출할 필요가 없지요.”

“결국 아무 문제 없다는 말이잖아?”

브리올렛의 커다란 눈에 짜증이 서렸다. 별것도 아닌 일로 자신을 막아선 구에프를 탓하는 것이다.

“조심해서 나쁠 건 없습니다.”

구에프의 목소리가 낮았다.

이는 곧 그의 심리 상태를 대변하는 것.

구에프가 저런 목소리를 낼 때면 브리올렛이 아무리 우겨도 소용이 없었다.

"일단 제가 앞장서겠습니다."

"쳇! 그거 알아? 요즘 들어 너무 소심해졌다는 거?"

브리올렛의 말을 듣는 둥 마는 둥 구에프는 말을 몰아 앞쪽으로 나섰다.

"그거 나이 먹었다는 증거야!"

브리올렛은 구에프의 뒤통수에 대고 쏘아붙이듯 말했다.

하지만 구에프의 온 신경은 모닥불 쪽을 향해 집중되어 있었다.

3

로브에 달린 후드를 깊숙이 눌러쓴 사내 한 명이 모닥불 옆에 앉아 있었다.

노릿한 냄새가 풍기는 것으로 보아 불에 뭔가를 굽고 있는 모양이었다.

그 역시 말을 타고 접근하는 구에프와 브리올렛을 발견했는지 몸을 일으켰다.

구에프는 거침없이 말을 몰아 모닥불에 이르렀다.

가벼운 몸놀림으로 말에서 내린 구에프는 재빨리 사내와 사내의 주변을 살폈다. 브리올렛은 적이 많다. 아니, 브리올렛의 신분이 적을 만들었다. 이곳에서 암살자가 튀어나온다고 해도 하등 이상할 게 없었다. 구에프가 경각심을 곤두세우는 이유는 그 때문이었다.

그때 앳된 목소리가 강변에 울려 퍼졌다.

"우아! 북부인이다! 이런 곳에서 북부인을 만나다니!"

"북부인……?"

그제야 구에프는 사내를 다시 봤다. 사내의 용모보다는 움직임에, 그리고 주변의 기류를 살피는 데 주력했던 것이다.

후드를 깊이 눌러쓴 탓에 얼굴은 자세히 보이지 않았다.

하지만 모닥불에 비쳐진 얼굴의 턱 부위와 로브 바깥으로 드러난 손목 아래가 유난히 하얗다. 짙은 갈색의 피부를 가진 남부인과는 확연히 차이를 보이는 피부색이었다.

"북부 연합군이냐?"

구에프는 검의 힐트를 쥔 손에 힘을 주며 차갑게 물었다.

후드의 사내는 고개를 가로저었다.

아니라고 한다고 그대로 믿어줄 수는 없는 상황이었다.

"전사도 아닌데 이곳에 있는 목적은?"

구에프가 사납게 묻자 사내가 대답했다.

"엔살룸."

"엔살룸?"

"난 엔살룸에 가야 하오."

"흥!"

구에프가 코웃음을 쳤다.

남북 간의 거래를 위한 상인들 외에 일반인들이 엔살룸을 찾는 이유는 대부분 종교 때문이다. 성지 순례가 목적인 것이다.

엔살룸 순례에 대한 열망은 북부인들이 훨씬 강했다. 수많은 성지를 가진 카르마탄 교와 달리, 세키나 교에는 하나의 성지만이 존재했기 때문이다.

남부인들 중에서는 그런 북부인들의 성지에 대한 집착을 달갑지 않게 여기는 자들이 있었다. 마치 엔살룸이 자신들의 것인 양 설쳐 대는 꼴이 달갑지 않은 것이다. 구에프는 그런 생각에 동의하는 사람 중 하나였다.

"그만 해, 구에프! 길을 잘못 든 순례자일 뿐이잖아."

브리올렛이었다.

이곳은 남부혈맹의 영역이었다.

그러니 북부에서 내려온 순례자가 엔살룸을 찾지 못해 헤매다가 지나친 게 분명했던 것이다.

"혈맹군의 배치와 군세를 살피기 위한 연합군의 척후병일지도 모릅니다."

"치! 아까는 척후병이 불을 피워 스스로를 노출할 리가 없다면서?"

"……."

"게다가 아직 성전은 시작되지도 않았잖아. 전쟁이 시작되

기 전부터 분노를 키울 필요는 없다고 아버님께서 말씀하셨
다고!"

브리올렛이 부친을 거론하자 구에프로서는 물러서지 않을
수 없었다.

"긴장하지 말아요, 북부인! 해치지는 않을 테니까."

"브리올렛님! 북부인에게 존대를 하시다니요?"

"그럼 처음 보는 사람한테 반말을 하라고? 내가 그렇게 교
양없는 사람처럼 보여?"

"하지만……."

"구에프 같은 사람들 때문에 전쟁이 벌어지는 거라고. 대
륙의 남쪽에 살건, 북쪽에 살건 그게 무슨 대수라고 서로가
서로를 천하게 여기는 거냐고!"

"그게 아니라……."

"종교도 그래. 신앙이 강요한다고 되는 일이야?"

"강요하는 건 저희가 아니라 북부 놈들입니다."

"강요한다고 어차피 바꿀 것도 아니면서 저들을 미워하는
건 우리잖아."

"성전은 그렇게 간단한 문제가 아니라……."

"됐어!"

브리올렛은 더 이상 듣지 않겠다는 듯 구에프에게서 고개
를 돌렸다.

"북부인, 솔직히 말해봐요. 당신도 우리 남부인을 미워하

나요?"

"난……."

후드의 사내가 입을 열었다.

"당신들을 만나서 너무나 기쁘오."

"에? 우릴 만나서 기쁘기까지 하다고요?"

브리올렛은 면갑 위의 눈을 동그랗게 떴다.

"흥! 북부 놈들은 입에 발린 말을 잘하지요. 해를 당할까
두려운 것뿐입니다."

구에프가 다시 코웃음을 치고 나섰다.

"그렇게까지 말하지 않아도 해칠 생각은 없는데……."

브리올렛이 또 끼어들었다.

"솔직한 내 심정일 뿐이오. 당신들은 지옥에서 빠져나온
내가 처음으로 만난 인간이니까!"

"……!"

어딘지 모르게 섬뜩한 느낌에 브리올렛은 저도 모르게 한
걸음을 물러섰다.

"무슨 헛소리를 지껄이는 거냐, 북부인!"

자신이 모시는 이가 겁을 먹었다는 것을 깨닫자, 구에프가
버럭 소리를 질렀다. 당장이라도 검을 뽑아 들어 사내의 목을
날릴 기세였다.

"내 이름은 북부인이 아니오."

구에프의 자세가 무엇을 의미하는지 모를 리 없을 텐데, 사

내의 목소리는 조금도 위축되지 않았다.

"진정해, 구에프. 그가 뭘 잘못한 건 없어. 나 혼자 놀란 것뿐이니까."

브리올렛은 구에프가 왜 발끈하고 나섰는지 짐작했기에 그를 달랬다.

"그럼 당신의 이름은 뭐죠?"

브리올렛이 커다란 눈을 반짝이며 물었다. 그녀로서는 난생처음 보는 북부인이었다.

게다가 지옥에서 나왔느니, 인간을 봐서 반갑다느니 하는 알 수 없는 말까지 한다. 나이 어린 브리올렛으로서는 그런 북부인이 신기하게만 느껴져 관심을 보이는 것이다.

"내 이름은……."

후드의 사내는 느릿하게 말을 꺼내들었다.

"샤를로엔이오."

"샤를로엔이라……! 지옥에서 나온 사람치고는 부드러운 어감의 이름이네요."

브리올렛의 눈이 초승달처럼 휘어졌다. 웃음을 짓고 있는 것이다.

"북부에서는 상대의 이름을 물었으면 자신을 밝히는 게 숙녀로서의 교양이오. 아무리 나이가 어릴지라도 말이오."

"에? 내가 여자인 걸 어떻게 알았어요?"

체형을 감추기 위해 풍성한 옷을 입고, 일부러 목소리를 굵게 해서 냈다. 얼굴까지 면갑으로 가렸으니 나이 어린 소년으로만 보이리라 생각했던 것이다.

스스로를 샤를로엔이라고 밝힌 남자의 입매가 호선을 그렸다.

"까르에 꽃과 사향을 섞어 만든 남방 특산의 향수인 질센느는 북부의 숙녀들에게도 많은 사랑을 받고 있소. 남자가 여성용 향수를 뿌릴 리 없지 않겠소?"

향수 냄새로 자신이 여자임을 짐작했다는 말이었다.

"헤헷! 여러모로 재밌는 사람이군요, 당신은!"

브리올렛의 목소리가 이전에 비해 확연히 가늘어졌다. 이제는 애써 목소리를 굵게 할 필요가 없었던 것이다.

"내 이름은 브리올렛 드 메르타예요."

소년에서 소녀로 제 모습을 찾은 브리올렛이 맑은 목소리로 자신의 이름을 소개했다.

"브리올렛님! 함부로 이름을 밝히시면 곤란합니다."

구에프가 못마땅한 기색을 눈으로 표현하며 말했다.

"그럼 나보고 숙녀로서 교양도 갖추지 못한 여자가 되란 말야?"

브리올렛도 지지 않고 쏘아붙였다.

샐쭉 치켜 올라간 브리올렛의 눈을 보자 구에프는 한숨을 쉬었다. 이미 쏟아진 물이니 더 이상 말을 해봐야 소용이 없는 것이다.

브리올렛은 샤렌 쪽을 바라보며 물었다.

"지옥에서 빠져나왔다는 건 대체 무슨 말이죠?"

호기심에 반짝이는 두 눈은 흥미로운 이야기에 대한 기대가 가득했다.

샤렌이 그녀에게 말했다.

"일단은 불에 얹어둔 고기가 다 타기 전에 먹으면서 말을 합시다. 사흘 만의 첫 식사를 망쳐선 곤란하니까……."

4

모닥불 옆에 두 사람이 앉아 있다.

샤렌과 브리올렛이었다.

구에프는 미간을 좁히고 팔짱을 낀 채 브리올렛의 뒤편에 서 있었다.

"그러니까… 당신이 알포네 산맥을 넘어왔다는 건가요?"

샤렌은 고개를 끄덕였다.

"우와! 북부인과 이렇게 대화를 본 것도 처음이지만 알포네 산맥을 넘은 사람이 있다니, 그 말 자체를 처음 들어요."

감탄하는 브리올렛의 뒤에서 나직한 코웃음 소리가 들렸다.

구에프가 못마땅한 기색을 드러낸 것이다. 인간이 알포네를 넘는다는 것은 불가능한 일이다.

이 북부인은 기껏해야 산자락을 타고 빙 둘러왔을 것이다.

그러다 길을 잃고 지나치게 남쪽으로 내려왔을 테지.

한데 지옥을 헤쳐 나왔네, 어쩌네 하며 저렇듯 뻔뻔하게 거짓말을 늘어놓으니 정직을 생명처럼 여기는 구에프로서는 못마땅할 수밖에 없었다.

'하여간 북부인이란……!'

"알포네에는 무시무시한 괴물이 득실거린다면서요?"

커다란 눈을 동그랗게 뜬 브리올렛이 물었다.

비록 금속제 면갑으로 얼굴을 가렸으나 드러난 눈이 지어 보이는 표정만으로도 귀여운 느낌이 들어 샤렌은 저도 모르게 미소를 지었다.

구에프라는 자를 상대할 때는 차갑기 짝이 없는 귀족가 영애의 모습 그대로였다가, 호기심을 보일 때면 그 나이 대의 꼬마들처럼 순진무구한 모습을 보이는 브리올렛이었다.

그 변화의 폭이 커서 오히려 더 귀여웠다. 애써 다 큰 숙녀로서의 태도를 보이려 하지만, 관심이 가는 일을 접하면 밑천이 드러났던 것이다.

샤렌은 자신이 목격한 모리엔트의 이종족 중 묘수야족과 서천회랑족에 대한 이야기를 해줬다.

"우와! 짐승의 모습을 한 자들이 말까지 한다고요?"

샤렌의 이야기에 감탄을 금치 못하는 브리올렛이었다.

“도저히 더 이상 들어줄 수가 없군.”

구에프가 결국 폭발했다.

“길거리에서 웃음을 파는 광대들의 이야기도 이보다는 덜 황당하겠군.”

샤렌은 구에프를 올려다봤다.

“당신은 알포네에 올라가 봤소?”

“그럴 리가 있겠나?”

구에프는 짜증 섞인 목소리로 답했다.

“안 올라가 봤으면 말을 하지 마시오.”

“푸홋!”

브리올렛이 입에서 바람 빠지는 소리를 냈다. 웃음을 터뜨린 것이다.

“맞아. 구에프는 올라가 보지도 못했으니까 이러네 저러네 말하면 안 돼.”

브리올렛은 구릿빛이 감도는 손가락을 세워 흔들며 마치 어린아이를 가르치듯 말했다.

이 주종이 보여주는 장면에 샤렌은 미소를 지었다.

사실 구에프의 반응은 정상이랄 수 있었다. 만약 알포네에서 있었던 일이 직접 겪은 게 아니라 누군가에게서 들은 것이라면 자신 또한 믿지 않았을 게 분명했다.

그 사실을 모르지 않기에 원래대로라면 이런 이야기를 꺼내들지도 않았을 것이다. 괜스레 허황된 사람 취급을 받을 이유는 없기 때문이다.

하지만 두 달 반 만에 처음으로 인간을 만나서 반갑기 그지 없는 데다가, 재밌는 이야기를 해달라고 조르는 모습이 너무나 귀여워 알포네의 이야기를 꺼내든 것이었다.

귀족가의 영애들이 허무맹랑하게 꾸며진 방랑자의 모험 이야기를 얼마나 즐기는지 샤렌이 잘 알고 있기 때문이기도 했다. 샤렌은 알포네에서 살아 나와 처음 만난 이 꼬마 아가씨를 즐겁게 해주고 싶었던 것이다.

"한순간 웃기 위해 이야기를 즐기시는 것은 괜찮지만 상황이 적당하지 않습니다, 브리올렛님. 벌써 많이 늦은 걸 알고 계십니까?"

"쳇! 하지만 난 이야기를 더 듣고 싶다고. 이렇게 재밌는 이야기는 처음인걸!"

브리올렛이 고집을 부렸다.

"더 이상은 곤란합니다. 행여 막수스님께서 새벽이면 기침하시는 것을 잊으신 건 아니시겠죠?"

고집을 꺾지 않는 건 구에프도 마찬가지였다. 낮게 깔린 목소리는 그가 이번에는 양보하지 않을 것임을 드러냈다.

막 브리올렛이 동그란 눈을 부릅뜨고 구에프에게 맞서려 할 때였다.

쇄애액!

새벽 공기를 찢는 날카로운 파공성이 울려 퍼졌다.

스릉.

맑은 쇠 울음소리와 함께 구에프의 검신이 달빛에 번쩍였
다.

어느새 브리올렛의 앞을 막아선 그가 검을 휘둘러 날아오
던 화살을 반으로 자른 것이다.

"누구냐!"

구에프의 입에서 터져 나온 호통이 강변을 뒤흔들었다. 나
이 어린 주인 앞에서 쩔쩔매던 구에프는 더 이상 없었다. 검
을 뽑아 든 이상, 그는 용맹하기 짝이 없는 전사일 뿐이었다.

쐐애애액.

대답 대신 세 대의 화살이 더 날아왔다.

"흥!"

구에프의 손목이 부드럽게 회전하자 호를 그려낸 검이 달
빛 아래 춤을 췄다.

화살들은 마치 미리 짠 것처럼 구에프의 검에 휘말려 반 토
막이 났다.

"크큭, 역시 화살 따위로는 회륜검(回輪劍) 구에프를 어쩌
지 못한다는 건가?"

음침한 목소리와 함께 한 사람이 모습을 드러냈다. 검은색
곱슬머리를 길게 늘어뜨린 그의 얼굴에는 긴 흉터가 있었다.

흉터의 사내를 본 구에프의 얼굴이 굳어졌다. 암살자가 무
서운 이유는 허를 찌르는 기습 공격 때문이다.

한데 암습을 해오던 자가 정면에 모습을 드러냈다.

그것도 얼굴을 드러낸 채로!

이는 곧 이 자리의 모두를 죽일 수 있다는 자신감을 드러낸 것이다.

'아니면 암습자 따위가 아니겠지.'

구에프는 검의 힐트를 다잡으며 상황을 파악하려 애썼다.

"넌 누구냐?"

"크크큭!"

흉터의 사내는 대답 대신 기이한 웃음을 흘렸다.

"이 얼굴의 흉터를 보고도 몰라주시다니……!"

사내는 양팔을 옆으로 늘어뜨렸다.

그러자 소매 안쪽에서 두 자루의 검이 나와 사내의 손에 잡혔다. 비수라기에는 지나치게 길고, 장검이라기에는 짧은 길이를 가진 검이었다. 특이하게도 검의 날은 흑색이었으며 검 끝이 반으로 갈라져 두 갈래를 이루고 있었다.

"혹시 이 검을 보면 이름을 떠올려 주시려나?"

입매를 비틀어 올린 사내가 물었다.

"흑비연(黑飛燕) 도일!"

구에프는 면갑 안쪽에서 침중한 음성을 흘렸다.

"크큭! 혈맹에 속한 명가(明家)의 전사께서 이 몸의 하잘것 없는 이름을 기억해 주시다니! 이런 영광이 있나?"

말과는 달리 조금도 영광스럽게 생각하는 모양새가 아니

었다. 외려 이제야 자신을 알아봤다고 힐난하는 듯한 어조였다.

"탐욕에 물든 자들이 이젠 암가(暗家)의 손까지 빌린단 말인가?"

구에프의 눈에 노기가 서렸다.

"크큭! 빛이 있으니 그림자가 생기고, 그림자 속에 어둠이 깃드는 건 당연한 일이 아닐지? 명과 암은 애초부터 함께하는 것이니 그렇게까지 노여워하실 일은 아니지요."

"흑비연 도일의 흉명은 익히 들었다. 하지만 이 회륜검이 있는 한, 메르타 가(家)의 귀한 피를 볼 수는 없을 것이다!"

캉, 캉, 캉!

도일이라 불린 자는 양손의 검을 교차해 소리를 냈다. 마치 박수를 치는 듯한 모습이었다.

"충성스러운 가신의 표본과 같은 모습이군요. 그 기세만으로도 회륜검의 명성이 헛되지 않았음을 알겠습니다."

도일은 과장된 표정으로 감탄했다는 표정을 지어 보인 다음 갑작스레 얼굴을 굳혔다.

"하지만 저 역시 이름값은 해야 되지 않겠습니까?"

도일의 눈에서 뱀의 그것처럼 섬뜩한 빛이 흘렀다.

"와라! 암가의 수단이 왜 명가의 법도를 따르지 못하는지 보여주겠다."

"크크큭! 스스로를 밝은 곳에 있다 여기는 많은 분들이 제게 그런 말을 하셨지요. 결국은 영원히 어둠 속을 헤매게 되셨지만 말입니다."

적어도 언쟁에 있어서는 도일의 상대가 되지 못하는 구에프였다.

"조심하십시오. 지금은 밝은 대낮이 아니니까요."

조롱조의 경고를 한 도일이 움직였다.

탓, 탓.

경쾌한 몸놀림으로 땅을 박차며 구에프에게 접근해 오는 도일이었다.

구에프는 북부의 것에 비해 검신이 얇은 남방 특유의 검을 앞으로 찔러냈다. 도일보다 긴 검을 지닌 이점을 살려 거리를 확보하려는 것이다.

카앙.

도일은 아래에서 위쪽으로 흑색 날을 가진 검을 휘둘러 구에프의 검을 팅겨내려 했다.

하지만 구에프의 검은 위로 들렸다가 곡선을 그려내며 다시 도일을 덮쳐 갔다.

검이 그려내는 선은 부드러웠으나, 검에 실린 힘의 강도는 사뭇 대단했다.

방향을 바꾼 검에 실린 힘에 절로 바람이 일어 도일의 곱슬머리가 미리부터 흩날렸다.

도일은 감히 거리를 좁힐 생각을 하지 못하고 양손에 들린 쌍검을 위로 들어 올렸다.

기울인 십자로 교차하는 도일의 쌍검.

카앙!

불꽃이 튀기며 세 자루의 검이 한 점에 모였다.

순간 도일은 손목을 비틀었다.

그러자 가위처럼 각이 좁혀진 도일의 쌍검 사이에 구에프의 검이 맞물렸다.

순간 날카로운 소리와 함께 한 대의 화살이 밤의 공기를 다시 한 번 찢어발겼다.

“……!”

화살은 정확히 구에프의 심장을 향해 날아들었다.

전투 경험이 풍부한 구에프는 날아드는 속도만으로 화살이 쏘아진 거리가 멀지 않음을 알 수 있었다. 화살이 저 기세 그대로 날아든다면 왼쪽 가슴을 덮은 호심갑은 종잇장처럼 뚫리고 말 것이다.

몸을 움직여 피해야 할 상황이다.

하지만 검이 적에게 묶여 있으니 화살을 피할 만한 움직임이 불가능했다.

그렇다고 명가의 전사가 검을 포기할 수는 없는 법.

구에프는 어금니를 악물고 검을 비틀어 오른쪽 방향으로 잡아당겼다.

카가각!

Rhapsody Of Cardinal

불꽃이 튀어 오르며 도일의 쌍검 사이에 끼어 있던 검이 뽑혀 나왔다.

퍼억.

검이 자유로워지는 순간, 화살은 몸을 비튼 구에프의 어깨에 꽂혔다. 견갑이 없었다면 제아무리 잉크라를 운용하고 있다 해도 뼈까지 상했을 것이다.

구에프는 인상을 찌푸리며 뒤로 한 걸음 물러났다. 부상을 입는 순간을 노려 도일이 공격을 해올까 염려한 것이다.

하지만 도일은 입꼬리를 당겨 웃고 있을 뿐이었다.

"크크큭! 아까 화살을 쏜 게 제가 아니라는 것쯤은 예상하고 계셨을 텐데요?"

비겁한 수작을 부리고도 뻔뻔하게 구에프가 알면서도 피하지 못했음을 조롱하는 도일이었다.

"흑비연의 수단이 고작 상대를 붙들고 늘어지는 것에 불과하다는 것을 몰랐을 뿐이다."

"크크크큭! 저희 암가의 영자(影子)들은 목적을 달성하기 위한 도구가 되는 것에 부끄러움을 느끼지 못하니까요."

여유로운 웃음을 흘리며 도일은 한 걸음을 내디뎠다.

구에프는 어깨에 박힌 화살을 뽑을 생각도 하지 않고 검을 앞으로 내밀어 도일이 접근해 오는 방향으로 겨눴다.

"또 갑니다!"

도일이 허리를 낮추고 앞으로 움직였다.

　구에프는 검을 지면과 수평으로 해 앞으로 내찔렀다. 잉크라가 집중된 검에 담긴 기세가 사뭇 대단했다.

　도일은 감히 거리를 좁힐 생각을 못하고 좌측 손에 들린 검을 휘둘렀다.

　적의 공격은 단순한 찌르기에 불과했지만, 그 동작을 행한 자가 구에프라면 이야기가 달라졌다.

　흔들리는 검의 포인트가 어디로 향할지 짐작할 수 없는 상황.

　그 속에서 함부로 몸을 놀려 파고들기에는 너무 위험했던 것이다.

　카앙!

　이번에는 비스듬히 위로 튕겨지는 구에프의 검이었다.

　이전처럼 검이 다시 곡선을 그려 아래로 방향을 바꾸려 할 때였다.

　캉!

　짧은 금속성과 함께 구에프의 검은 아래로 향하던 움직임의 방향을 바꿔 위쪽으로 되돌아갔다. 도일이 왼쪽 검에 이어 오른쪽 검을 사용해 구에프의 검을 한 번 더 튕겨 올린 것이다.

　그사이 도일은 한 걸음을 크게 내디뎠다. 자신의 검으로도 공격이 가능한 공간을 확보한 것이다.

　설명은 길었으나 모든 것은 한순간에 벌어진 일.

　잉크라를 운용하는 자들의 격전은 일반인으로서는 관전조

차 불가능할 정도로 빠른 속도로 진행되는 것이다.

목적을 이룬 도일은 왼쪽 검을 사용했다.

도일의 공격 역시 앞서 구에프의 그것처럼 공간을 압축하는 듯한 빠른 찌르기였다. 제비 꼬리처럼 갈라진 검은 당장이라도 구에프의 몸을 꿰뚫을 것만 같았다.

하지만!

빙글.

도일의 검이 목표에 닿기 직전, 구에프의 몸이 옆으로 틀어졌다.

도일의 검은 허공을 찌르고 구에프는 한쪽 다리를 축으로 삼아 비틀린 방향 그대로 몸을 회전시켰다.

구에프의 몸을 따라 돈 검이 커다란 호를 그리며 도일의 몸을 가르기 위해 쇄도했다.

"……!"

도일은 앞으로 뻗은 좌수를 회수할 생각도 못한 채, 우수의 검을 비스듬히 들어 공격을 막았다.

카앙!

귀청을 찢을 듯한 금속성이 울려 퍼지고, 도일은 비틀거리며 왼쪽으로 밀려났다. 구에프가 몸 전체를 회전시켜 내려친 검의 역도를 감당하기 버거웠던 것이다.

적이 균형을 잃은 호기를 놓칠 구에프가 아니었다.

막 신형을 날려 도일의 빈틈을 공략하려는 순간.

세 대의 화살이 다시 날아왔다.

구에프는 어금니를 악물었다. 검과 몸이 자유로운 지금 화살 세 대 따위는 아무런 위협이 되지 못한다. 가볍게 피해낼 수 있는 것이다.

하지만 구에프는 검을 휘둘러 화살을 막아내야만 했다. 화살을 피했다가는 뒤쪽의 브리올렛이 위험해지기 때문이었다.

구에프가 화살을 반 토막 내는 사이, 도일은 이미 균형을 잡았다.

구에프에게 있어서는 불행이었다. 어깨에 화살이 박힌 손해의 배 이상을 갚아줄 호기가 사라진 것이다.

"휘유!"

새롭게 자세를 갖춘 도일이 입술을 동그랗게 모아 바람 빠지는 소리를 냈다.

"역시 회륜검의 위력은 명불허전이군요. 하마터면 큰일 날 뻔했습니다."

도일은 말을 하면서 몸을 한차례 부르르 떨었다. 꽤나 무서웠다는 심정을 과장해 표현한 것이다.

"주제를 알았으면 물러가라!"

"크크큭! 말씀드리지 않았나요? 저 역시 이름값을 해야 한다고 말이죠."

"정히 죽고 싶다면 맘대로!"

"죽고 싶은 게 아니라… 죽이고 싶은 거죠."

도일의 눈에서 살광이 번득였다.

그는 다시금 몸을 앞으로 기울였다.

동시에 그의 신형이 쏘아진 화살처럼 앞으로 튀어나왔다.

똑같은 동작을 반복해 오자 구에프는 도일이 거리를 더 좁히기 전에 오히려 자신 쪽에서 먼저 다가서며 검을 찔렀다.

흠칫한 도일은 앞으로 기울였던 몸을 젖히며 뒷걸음질을 쳤다. 몸의 균형을 바꾸는 것도 한순간, 달려나오던 힘을 이겨내고 뒤로 빠지는 것도 한순간의 일이었다. 도일의 운신(運身)이 얼마나 자유로운지 보여주는 장면이었다.

하지만 구에프의 검은 뱀처럼 영활한 움직임을 보이며 도일의 앞가슴을 쫓았다.

도일이 검을 휘둘러 팅겨내지 못한다면 가슴을 꿰뚫릴 수밖에 없었다. 아무리 운신이 빠르다고는 해도 물러서는 것이 나아가는 것에는 못 미치기 때문이다.

도일이 미간을 찌푸리며 양손을 휘둘렀다.

두 개의 검이 교차해 자신의 검을 옭아맨다는 것을 이미 알고 있는 구에프.

그는 코웃음을 치며 검의 움직임에 변화를 주었다.

카앙!

불꽃은 도일의 왼쪽에서 튀었다.

구에프가 검을 오른쪽으로 휘둘러 도일의 검을 먼저 팅겨

낸 것이다.

도일의 우측 검이 뒤늦게 구에프의 검을 쫓았다.

하지만 도일의 검은 허공을 헤집었을 뿐.

구에프의 검은 이미 상대의 검이 그리는 궤적을 빠져나와 수직으로 떨어지는 중이었다.

도일의 얼굴이 새파랗게 질렸다. 제 갈 길에서 벗어나 있는 양손의 검인지라 공격을 막아낼 도리가 없었던 것이다.

도일은 허리를 뒤로 젖히며 땅을 박찼다. 몸을 뒤로 뽑아 머리를 가르려는 구에프의 검을 피하려는 것이다.

그 의도를 모를 구에프가 아니었다.

구에프 역시 힘차게 발을 굴러 도일의 뒤를 쫓았다. 절호의 기회를 놓치는 건 한 번으로 족했다. 이번에는 도일과 일직선 상에서 쫓고 있으니 적이 화살을 날린다 해도 브리올렛이 위험해질 염려는 없었던 것이다.

구에프의 검이 도일의 정수리에 닿으려는 순간이었다.

쐐애애액!

익숙한 파공성이 구에프의 귀를 파고들었다.

아니, 익숙하지만 뭔가 달랐다.

그리고 구에프는 봤다.

칼끝을 머리에 이고 있는 도일의 입가에 미소가 그려지고 있는 것을.

그 모습을 확인하고서야 구에프는 깨달았다. 화살이 날아오는 소리가 이전과 어떤 차이가 있는지 파악한 것이다.

방향이 달랐다.

여태껏은 앞에서 날아든 화살이었으나, 이번에 들려오는 소리는 뒤쪽이었다.

그뿐이라면 문제가 아니었다.

하지만 뒤쪽에는…….

브리올렛이 있었다.

콰앙!

구에프는 오른쪽 다리를 있는 힘껏 내질렀다.

거센 힘을 이기지 못해 흙이 튀어 오르고, 풀들이 뿌리째 뽑혀 나갔다.

앞쪽으로 나아가던 구에프의 신형이 갑자기 방향을 바꿔 온 방향 그대로 되돌아갔다. 앞서 도일이 자연스럽게 움직이던 방향을 역으로 틀던 것과는 달리 거칠기 짝이 없는 운신이었다. 그만큼 구에프의 마음이 급했던 것이다.

허공에서 몸을 빙글 돌린 구에프.

그의 시야에 한 대의 화살이 잡혔다.

그것은 브리올렛의 등 뒤에서 날아오는 화살이었다. 구에프와 브리올렛에게는 불행한 일이지만 암습자는 강변뿐만 아니라 강물 속에도 있었던 것이다.

Chapter 12

1

'**막**을 수 있어!'

한 번만 더 땅을 박차고 브리올렛을 감싸 안는다면 화살을
피해낼 수 있을 것이다. 자신의 부상은 각오해야겠지만, 브리
올렛의 안전에 비하면 그것은 아무 일도 아니었다.

확신에 찬 구에프의 발이 땅을 내딛으려는 순간.

화끈한 느낌이 옆구리 뒤쪽을 달궜다.

돌아보지 않아도 알 수 있었다. 도일의 기형검이 뒤쪽을 훑
고 지나간 것이다.

그제야 모든 것이 계획되었음을 구에프는 깨달았다. 도일
은 급박한 상황을 피하기 위해 몸을 뒤로 뽑은 것이 아니라,

이 순간을 노렸던 것이다.

'안 돼!'

어금니를 악물고 땅을 박찼지만 순간적으로 다리에 힘이 제대로 들어가지 않았다. 예기치 못했던 부상과 통증 탓이었다.

구에프는 눈을 질끈 감고 싶었다. 어둠을 가르고 날아오는 화살이 브리올렛의 가슴을 꿰뚫는 장면을 보고 싶지 않은 것이다.

하지만 어찌 눈을 감을 수 있으랴!

구에프는 눈을 부릅떴다.

놀라운 장면이 시야에 잡혔기 때문이다.

브리올렛의 신형이 환상처럼 사라진다.

그녀가 있던 자리를 통과한 화살이 자신의 눈앞으로 날아왔다.

구에프는 본능적으로 검을 휘둘렀다. 매서운 기세로 날아오던 화살이지만 구에프의 검이 가진 날카로움을 이기지는 못했다.

반으로 갈라진 화살은 맥없이 떨어졌다.

구에프의 신형은 순식간에 브리올렛이 있던 자리에 도착했다.

그는 눈동자를 움직였다.

우측에 브리올렛이 보인다.

놀란 기색이 역력하지만 아무런 이상이 없다. 화살에 스치지도 않은 것이다.

원인은 간단했다.

브리올렛의 옆에 서 있는 북부인.

샤를로엔이라고 했던가?

그가 브리올렛을 끌어당겨 화살을 빗나가게 했다.

소주(少主)의 목숨을 구한 것이다.

"뒤!"

기쁨과 놀람이 뒤섞인 눈으로 후드를 눌러쓴 북부인을 바라보고 있노라니, 북부인이 날카롭게 외친다.

등 뒤에서 따가운 살기가 느껴졌다.

구에프는 몸의 중심을 축으로 삼고 빠르게 회전했다. 등의 통증 따위는 아랑곳하지 않는 움직임이었다.

카앙, 캉!

구에프의 검은 흑색 날을 가진 두 개의 검을 한꺼번에 튕겨냈다.

달려들었던 자는 모습을 드러낸 이후, 처음으로 표정을 일그러뜨리며 뒤로 물러섰다.

"칫! 북부인 따위가 방해를 하다니!"

도일이 살기가 번득이는 눈으로 샤렌을 쏘아봤다.

샤렌은 그런 도일을 신경 쓰지 않고 브리올렛을 바라보며 말했다.

"괜찮은 거죠, 꼬마 숙녀 분?"

괜찮을 리가 없었다. 구에프와 도일의 숨 막히는 싸움을 관전하던 중 자신이 목숨을 잃을 뻔했다는 것을 깨달았으니까.

하지만 브리올렛은 샤렌을 향해 힘차게 고개를 끄덕였다. 지금보다 어린 시절부터 목숨을 위협하는 자들에게 노출되어 살아온 그녀였다.

그와 같은 경험이 있었기에 이런 상황에서 자신이 무엇을 해야 하는지 본능적으로 알았다.

자신을 보호하는 사람들을 안심시키는 것.

그것이 누군가의 손에 목숨을 보호받는 사람의 의무였다.

"안심하긴 이른 거 아닌가?"

심사가 꼬인 듯 도일은 더 이상 존대를 하지 않았다.

"어렵사리 꾸민 계획은 실패한 게 사실이지만, 그쪽도 조금 전보다 좋은 상황은 아니잖아?"

구에프가 부상당한 것을 말하는 것이었다. 어깨와 등의 부상을 고려하면 확실히 상황은 좋지 않았다.

"더 해볼 게 있다면 얼마든지 해봐라!"

구에프는 가슴을 쫙 편 채 당당히 외쳤다. 여기서 기세가 꺾이면 곤란하다는 것을 알고 있는 것이다.

"크크큭! 밤이 길면 꿈도 많은 법. 저 꼬마 계집의 가솔들이 몰려오기 전에 끝내는 게 좋겠지."

도일은 하늘로 손을 뻗어 올렸다.

그러자 여태껏 매복해 있던 암습자들이 전부 모습을 드러냈다.

약 스물에 달하는 숫자.

하나같이 통일된 복장인 그들 전원은 검은 복면으로 얼굴을 가리고 있었다.

'이렇게나 많이 숨어 있었다는 건가?

구에프는 내심 놀라지 않을 수 없었다. 자신의 이목을 피해 이 많은 인원이 근접해 왔다는 것만으로도 이들이 만만치 않은 실력자들임을 짐작할 수 있었다.

"크큭! 태연한 척하느라 힘들겠군, 회륜검! 당신이 이들의 접근을 몰랐던 건 당연한 일이야. 이들은 암가에서도 손에 꼽히는 일류들이니까 말이야."

'설마……?

"당신도 들어봤을 거야. 암혼(暗魂)의 이름은 워낙 유명하니까."

설마했던 게 사실로 드러났다.

애써 평정심을 유지하려 노력했지만 구에프는 동요하지 않을 수 없었다. 암가의 영자들 중 암혼이라는 이름은 특별했다. 허를 찌르는 다양한 암습법이나 개개인의 뛰어난 실력 때문이 아니었다.

그들의 이름이 공포와 함께하는 것은 스스로의 목숨을 버리는 데 주저하지 않기 때문이었다. 암혼 개개인의 능력은 보잘것이 없었다.

하지만 그들의 합격술은 두렵지 않을 수 없다. 자신의 몸을 도구로 삼아 목표의 움직임을 방해하고, 그 틈을 노려 공격을 해오니 상대하기가 여간 까다롭지 않았다.

거기에 만만치 않은 도일까지 있었으니 아침 해를 보기가 쉽지 않을 것임은 분명했다.

"아마 당당한 명가의 일원인 메르타 가에서도 몇 번은 이들과 거래를 했을걸?"

"……."

"뭐, 부끄러워할 필요가 있나? 드넓은 남천을 다스리자면 구린 일을 대신할 사람이 필요한 것은 당연하지."

키득대며 웃음을 흘리던 도일이 정색을 했다.

"그럼 시작해 볼까? 기대해도 좋아. 이제는 화살 따위를 날리진 않을 테니."

일촉즉발.

암혼의 자객들이 본격적인 움직임에 돌입하려 할 때였다.

"이상하네?"

난데없는 한마디가 끼어들었다. 이상하리만큼 태평한 말투는 잔뜩 고조된 긴장감을 흐트러뜨렸다.

목소리의 주인공은 샤렌이었다. 한마디 말로 분위기를 묘하게 만든 그는 구에프를 향해 말했다.

"저기요."

"……?"

"지금이 이 꼬마 숙녀께서 위험에 처한 거 맞죠?"

구에프가 미간을 찌푸렸다. 소주를 구해준 것에 대한 고마움은 컸으나, 이 급박한 순간에 생뚱맞은 말을 걸어오는 것까지 달갑지는 않았다.

하지만 은혜를 입은 입장에서 질문을 무시할 수는 없었다.

구에프는 뒤쪽을 돌아보지 않은 채 고개를 끄덕였다.

"당신이 저들을 혼자 감당하긴 힘든 거고요."

"……."

구에프는 대체 무슨 말을 하는 거냐고 소리치고 싶은 것을 가까스로 억눌렀다. 적의 사기를 높일 말이었던 것이다.

하지만 자신이 과민한 반응을 보이면 기뻐할 것은 저들이다.

"그런데 왜 도망을 가지 않고 맞서 싸우는 거죠?"

천연덕스러운 샤렌의 질문에 구에프는 일순 대답을 하지 못했다. 지금껏 너무나 당연히 여겨왔던 일이라 오히려 정리해 말하기가 쉽지 않았던 것이다.

"적을 맞아 등을 돌리는 건 전사가 할 짓이 못 되오."

"아하! 그러니까 당신은 당신의 명예를 위해 이 꼬마 숙녀의 안위는 뒷전으로 미루는 거군요."

"……!"

구에프는 또다시 말문이 막혔다.

브리올렛에게 해를 끼치려는 자가 나타나면 당연히 목숨을 걸고 싸운다. 한 치의 물러남도 없이 싸움에 임하는 건 주인을 지키기 위해서다.

실력이 부족하면 명예롭게 죽는다.

그것이 메르타 가의 가신(家臣)이자, 전사가 걸어야 할 길이었다.

한데 저자는 대체 무슨 말을 하고 있단 말인가?

"저들을 뚫고 나가기가 이곳에서 브리올렛님을 보호하는 것보다 더 어려운 일이오."

구에프는 애써 이유를 설명했다. 혼자라면 몰라도 브리올렛을 데리고 이곳을 벗어나기란 불가능한 일인 것이다.

"글쎄……. 과연 그럴까요? 내가 보기엔 이 꼬마 숙녀 분과 이 자리를 벗어나는 게 훨씬 쉬워 보이는데요."

"그게 무슨……?"

샤렌은 구에프의 질문에 대답하는 대신 브리올렛을 내려다보며 부드럽게 말했다.

"꼬마 숙녀 분은 이제부터 놀라지 말고 마음 단단히 먹어요."

"……?"

브리올렛이 의아한 눈으로 샤렌을 바라봤다.

그때였다.

눌러쓴 후드의 그림자 가운데서 빛이 나기 시작했다.

찬란한 금빛 광채.

그것은 하나의 눈을 그려냈다.

"저, 저럴 수가……?"

Rhapsody Of Cardinal

샤렌의 영시안을 본 도일의 목소리가 떨려 나왔다.

그사이 샤렌은 하온을 오른손 끝에 집중시키며 하늘을 향해 들어 올렸다. 그의 손끝에서 손가락 굵기의 금빛 줄기가 빠르게 뻗어 나왔다.

현란한 빛의 향연이 신비로웠기 때문일까?

도일과 암혼의 자객들은 멍하니 샤렌이 하는 행동을 바라만 보고 있었다.

샤렌의 손끝에서 이어진 금빛 줄기는 허공에서 커다란 아치를 그리며 다섯 방향으로 뻗어갔다. 마치 다섯 개의 기둥이 샤렌 자신과 브리올렛, 구에프를 가두는 듯한 모습이었다.

그리고 다섯 개의 빛줄기가 땅에 닿았을 때!

쿠아아앙!

폭발과 함께 땅이 흔들렸다.

강변의 자갈과 흙이 먼지가 되어 뿌옇게 피어올랐다. 그 양이 적지 않아 일대는 한순간 먼지구름에 잠겨 한 치 앞도 구분할 수 없게 되었다.

이어 먼지 위로 뭔가가 빠른 속도로 숫구쳐 올랐다.

그리고 거의 동시에 또 다른 무엇이 먼지를 뚫고 하늘로 날아올랐다.

앞서 숫구친 것은 구에프.

샤렌이 그를 잡아 위쪽으로 던져 버렸던 것이다.

뒤를 따른 것은 브리올렛을 감싸 안은 샤렌이었다.

세 사람은 그렇게 허공을 가로질러 암혼의 포위망 밖에 내려섰다.

간신히 균형을 잡아 착지한 구에프.

그의 뒤에 샤렌의 호통이 울려 퍼졌다.

"어서 말 위로!"

구에프는 엉겁결에 샤렌이 시키는 대로 했다. 갑작스런 폭발에 놀란 말의 고삐를 잡아챈 구에프는 한 동작에 말의 안장에 올랐다.

그사이 샤렌은 브리올렛을 번쩍 들어 올려 말 위에 얹었다.

"달려요, 어서!"

구에프에게 소리를 지른 샤렌은 브리올렛이 탄 말의 엉덩이를 손바닥으로 철썩 때렸다. 안 그래도 놀라 있던 말은 곧장 내달리기 시작했다.

"샤를로엔님!"

샤렌이 미처 말에 올라타지 않았다는 것을 깨달은 브리올렛은 뒤를 돌아봤다.

그리고 그녀는 두 눈을 휘둥그레 떴다. 샤렌이 질주하는 말 뒤를 바짝 따라붙고 있었던 것이다.

"세상에⋯⋯?"

"뒤돌아볼 틈이 어딨어요, 꼬마 아가씨!"

샤렌은 숨 가쁜 기색조차 없이 브리올렛을 재촉했다.

놀랍기도 하고 안심도 할 수 있게 된 브리올렛은 고삐를 흔들어 말이 달리는 속도를 높였다.

한데도 샤렌과의 거리는 벌어지지 않았다.

그렇게 전력을 다해 강변을 벗어나는 세 사람이었다. 도일과 암혼이 추격해 올 것을 대비해 최대한 거리를 벌려두려는 것이다.

하지만 그들 셋은 알지 못했다.

자신의 뒷모습만을 바라볼 뿐, 도일과 암혼들은 추격에 나서지 않고 있다는 것을…….

2

샤렌과 구에프, 그리고 브리올렛의 모습이 어둠 속에 묻히자, 멍하니 그 모습만을 바라보던 도일이 입을 열었다.

"내가 지금 꿈을 꾸는 건가?"

혼잣말과 같은 중얼거림.

그 말을 복면을 쓴 암혼 중 하나가 받았다.

"저희도 똑똑히 봤습니다. 그것은 분명…….""

"그래, 그건 분명히 혼돈안(混沌眼)이었어!"

도일은 자신이 착각을 한 게 아니어서 다행이라는 듯 암혼의 말을 받았다.

"그렇다면 정말 저 북부인이……?"

"그가 파괴신(破壞神) 아젠투어인지는 알 수 없지. 하지만 적어도 그분과 연결되었다는 것은 분명하지 않을까?"

"혼돈안은 파멸의 끝에 찾아올 혼란과 미궁 속에서 길을 찾을 수 있도록 배려하신 파오돈의 선물입니다. 그러니 혼돈안을 가졌다는 것은 결국……."

"섣부른 판단은 아직 일러! 만약 진짜 아젠투어라면 왜 우리 암가가 아닌 명가의 후예를 돕겠는가?"

"뭔가 깊은 뜻이 있으시겠지요. 제 잘난 줄 아는 명가 놈들은 혼돈안이 무엇인지도 모를 테니까요."

"흠……. 일단은 돌아가 이 일을 보고하도록 한다."

도일의 말은 맡은바 임무를 포기한다는 뜻이었다.

이는 암혼의 이름이 남쪽 하늘 전역을 공포로 떨게 한 이후로 처음 있는 일이었다.

하지만 도일에게도, 암혼들에게도 더 이상 브리올렛의 생사 따위는 중요치 않았다. 어차피 밝은 데서 대륙 남부를 지배하며 위선을 떠는 명가들의 뒤를 닦는 일이었으니 미련이 있을 리 없었다.

만약 오늘 자신들이 본 자가 진짜 아젠투어라면……?

지금까지의 세상과는 다른 세상이 올 것이다.

이 세계는 암가를 중심으로 돌아가게 될 터.

존속을 위함이라는 명분하에 몇 푼 되지 않는 돈을 챙기는 의뢰를 받아들이는 일이 다시는 없게 되는 것이다.

이는 열두 개 암가의 구성원 모두가 오랫동안 염원해 왔던 세상이었다.

수백, 수천 년을 이어온 염원.

너무나 오랜 시간 동안의 기다림이었기에 언제든 포기했어도 이상할 게 없던!

그 소망이 현실 속에서 이뤄질지도 모른다.

그러니 암가의 일원인 도일과 암혼들의 모든 신경이 혼돈 안에만 집중되는 것은 당연한 일이었다.

3

산 너머 붉은 빛이 일렁일 무렵.

각각 말에 탄 두 사람과 또 한 명의 사람이 남북인 공통의 성지 엔살룸에 들어섰다.

"하아! 이제는 안심해도 돼요. 제아무리 암혼이라 해도 엔살룸까지 쫓아와 난동을 부리지 않을 테니까요."

말을 모는 것만으로도 지쳤는지 브리올렛은 거친 숨을 몰아쉬며 말에서 내렸다. 엔살룸 내부에서는 말을 타고 다니는 게 금지되어 있었던 것이다.

구에프도 말에서 내렸다. 부상과 피로로 인해 걷는 것이 버거워 보였건만 두 눈은 굳건한 빛을 뿌리고 있었다. 전사는 약한 모습을 보이지 않는 것이다.

"그대에게 큰 은혜를 입었소."

구에프는 뭔가 어렵사리 느껴지는 어조로 인사를 건넸다. 아무래도 북부인에게 감사를 표한다는 게 쉽지 않은 모양이었다.

"별말씀을! 나도 그자들이 무서워서 피한 것뿐이니까 신경 쓰지 마세요."

"엥? 그렇게나 엄청난 힘을 가지고 있으면서 암가의 놈들이 무섭다고요?"

브리올렛이 말도 되지 않는다는 듯 말했다.

"내가 할 줄 아는 거라곤 아까 보여준 게 전부니까요, 꼬마 아가씨! 막상 그들과 싸움이라도 벌였으면 결과가 어떻게 될지 모른다고요."

샤렌의 말에 브리올렛은 눈으로 말도 안 돼, 라고 외쳐 댔다.

"겸손의 말씀이 지나치시구려. 내 평생 당신과 같은 방식으로 바라카를 운용하는 기사는 처음 봤소. 무구를 사용하지 않고 맨손으로 싸우다니……!"

구에프는 감탄 어린 시선으로 샤렌을 바라봤다.

"전 기사가 아닌데요."

"그럴 리가? 북부에서는 신의 축복으로 바라카를 사용하는 게 아니었소?"

"최근에는 꼭 그렇지도 않죠. 과학을 통해 바라카를 사용하기도 하고 말입니다. 하여튼 제가 사용한 힘은 하온이라는 거예요. 과거 에슬란이라 불리던 왕국에서만 존재했던 힘이죠."

"하온……?"

구에프는 고개를 갸웃거렸다.

잠시 후, 그가 말했다.

"아! 마법사!"

"맞아요. 마법사들의 힘이죠."

"그럼 아까 당신이 보여준 건 마법이었소?"

"마법은 아니에요. 설명하기가 어렵지만… 서천, 아니, 알포네에서 배워온 기술이랄까요?"

"……."

아까 전까지만 해도 샤렌이 알포네를 넘어왔다는 말에 콧방귀를 뀌던 구에프였다.

하지만 지금은 그럴 수 없었다. 샤렌에게 구명의 은혜를 입은 것은 물론, 상상을 초월하는 신비한 힘을 목격했기 때문이다.

만약 이 북부인이 마음먹고 싸움에 임하고자 한다면 예순네 가문의 직계나 방계의 후예들이 아니고서는 상대할 수 없을 거라는 생각이 들었다. 잉크라의 진정한 힘은 명가의 혈통에게만 전해지기 때문이었다.

"우와! 신의 영역에서 배워온 기술이구나! 어쩐지 뭔가 다르다고 했어!"

브리올렛은 마치 자신이 알포네에서 무엇을 배워온 것처럼 좋아했다. 바로 얼마 전까지 목숨을 잃을 위기에 처해 있었다는 걸 까맣게 잊은 듯한 태도였다.

"샤를로엔님, 일단 성지에 마련된 우리 메르타 가의 숙소로 가요."

"브리올렛님! 지금은 성전을 앞두고 있는 상황입니다. 이 시기에 북부인을 숙소로 데려가면……."

"참 나! 성전이 시작되기 전부터 분노를 키울 필요는 없다고 말한 건 아버님이라니까! 게다가 내 생명을 구해준 은인인데 누가 뭐라 하겠어. 누가 뭐라고 하기만 하면 당장 네이탄 오라버니께 일러줄 테야."

"하지만……."

"계속 피 흘리면서 그렇게 서 있을 거야? 어서 가서 치료하자고!"

말을 마친 브리올렛은 구에프를 지나쳐 버렸다. 무슨 말을 하건 듣지 않겠다는 태도였다.

샤렌은 구에프를 향해 어깨를 으쓱해 보였다. 자신으로서도 별다른 방법이 없다는 뜻이었다.

"메르타 가문의 숙소에 도착하면 언행을 조심하도록 하시오. 아까 내가 당신에게 보였던 것과 같은 적개심을 가진 자들이 적지 않소. 아마 알포네 이야기도 자제하는 게 좋을 거요."

무거운 목소리로 말하는 구에프였다.

샤렌은 그것이 구에프 나름의 방식대로 자신을 걱정해 주는 것임을 느낄 수 있었다. 정말이지 브리올렛의 호위를 맡은 이 사람은 자신의 감정을 제대로 표현하는 데 몹시도 서툴렀던 것이다.

Rhapsody Of Cardival

4

"대체 오밤중에 어디를 나다니는 게냐!"

규모가 제법 큰 저택에 들어서자마자 로비가 무너질 듯한 호통 소리가 울려 퍼졌다.

천방지축 무서울 것이 없는 것만 같던 브리올렛의 목이 움츠러드는 것을 보아 그녀의 부친인 듯싶었다.

"아!"

브리올렛의 부친은 그제야 낯선 자가 딸과 함께 숙소에 들어왔음을 깨달은 듯했다. 방금 전 딸이 방에 없음을 알았던 터라 온 신경이 한쪽에 쏠려 있었던 것이다.

"손님이 찾아오신 걸 미처 알지 못해 결례를 범했소이다."

보아하니 대단한 신분을 가진 듯한데도 초라한 행색의 낯선 자에게 깍듯하게 예의를 갖추는 브리올렛의 부친이었다.

"때 이른 시간에 이렇게 불쑥 찾아뵙게 되어 죄송합니다."

"저희 메르타 가문은 시간을 가려 손님을 청하지 않으니 괘념치 마시길……."

브리올렛의 말대로였다. 그녀의 부친은 한눈에 샤렌이 북 부인임을 알아봤을 텐데 손님을 맞는 주인으로서의 예의에 한 치의 흐트러짐도 없었다.

"환대에 감사드릴 뿐입니다."

형식을 갖춘 인사가 끝나자, 브리올렛의 부친은 딸에게 시선을 던졌다. 새벽부터 집을 나섰던 잘못을 탓하기 위함이 아니라, 브리올렛이 손님을 모셔온 당사자니 상호 소개를 하라는 뜻이었다.

"이분은 샤를로엔님이세요. 저와 구에프가 로난 강 근처에서 암가의 습격을 받았는데, 이분께서 구해주셨어요."

브리올렛 부친의 시선이 이번에는 구에프에게로 향했다. 피로 흥건히 젖은 그의 의복을 확인한 그가 말했다.

"어서 상처부터 치료하도록 하게."

샤렌은 브리올렛의 부친에 대해 감탄했다. 딸이 위험한 일을 당했는데, 딸의 안부부터 챙기지 않고 수하의 치료를 우선으로 했던 것이다.

"전 괜찮습니다."

구에프는 꼿꼿이 선 자세를 유지하며 사양했다.

브리올렛의 부친은 아무 말 없이 구에프를 응시했다.

그의 시선을 정면으로 받게 되자 구에프는 더 이상 버티질 못했다.

"그럼 자세한 보고는 나중에 드리도록 하겠습니다."

브리올렛의 부친은 고개를 끄덕였다.

"소개 중에 또다시 실례를 하게 되었군요."

"부상자가 있으니 치료가 우선이지요."

샤렌의 태도에 브리올렛의 부친은 다시금 브리올렛을 바

라봤다. 소개를 마저 하라는 뜻이었다.

"그리고 이분은 저희 아버님이세요. 남부 대륙의 위대한 명가 중에서도 가장 위대한 메르타 가의 가주이시며, 발카리안 지방을 다스리시는 막수스 드 메르타 공이시죠."

"브리올렛!"

막수스는 나직한 목소리로 브리올렛을 불렀다. 과장이 섞인 딸의 소개를 나무라는 것이다.

브리올렛은 살짝 목을 움츠렸다.

"만나뵙게 되어 영광입니다."

샤렌이 정중하면서도 품격있게 인사했다.

"부덕한 자의 소생을 구해주신 은인께 감사드릴 기회를 가질 수 있으니 제 쪽이 더 영광입니다."

"제가 한 일은 거의 없습니다."

"무슨 말씀이세요! 샤를로엔님이 없었다면 저나 구에프는 살아서 이곳까지 오지도 못했을걸요."

브리올렛의 수다가 시작되려 하자 막수스가 막아섰다.

"일단 안으로 드시지요. 아직은 날이 제대로 밝기 전이니 쉬실 곳을 안내해 드리도록 하겠습니다."

"감사합니다."

반가운 말에 샤렌은 사양하지 않았다. 딱히 피곤한 것은 아니었다.

하지만 푹신한 침대에 몸을 눕혀본 게 언제인지 기억이 나질 않았던 것이다.

애초 엔살룸에 도착하자마자 그리운 얼굴들인 드리튼과 이시스, 그리고 이오나를 찾지 않고 브리올렛을 따라온 것도 그 때문이었다. 인간다운 휴식에 대한 욕구가 간절했던 것이다.

막수스는 손뼉을 쳤다. 하인을 부르는 듯했다.

그러자 브리올렛이 재빨리 나섰다.

"아버님, 샤를로엔님은 제가 안내해 드릴게요."

"더 이상 손님을 귀찮게 해드려서는 안 된다!"

"네, 그냥 안내만 해드릴 거예요."

막수스는 로비로 들어선 시종을 향해 손을 흔들었다.

그의 손짓을 본 시종은 공손히 허리를 숙이더니 뒷걸음질을 쳤다.

허락의 뜻을 알아챈 브리올렛이 밝은 목소리로 말했다.

"이쪽으로 오세요, 샤를로엔님! 제가 가장 편안하고 좋은 방으로 안내해 드릴게요."

브리올렛의 재촉에 샤렌은 막수스에게 살짝 고개를 숙였다.

"그럼 나중에 다시 뵙겠습니다."

"부족한 게 많은 곳이지만 부디 편히 쉬셨으면 좋겠습니다."

"빨리 와요, 샤를로엔님!"

벌써 로비 중앙의 계단을 올라서며 브리올렛이 샤렌을 재촉했다.

Chapter 13

1

남부 지방 특유의 화려함이 가득 배인 방.

호사스러운 침대에서 샤렌은 눈을 떴다. 정말이지 오랜만에 뜨거운 물에 몸을 담그고, 폭신한 침대와 부드러운 시트와 이불을 덮고 잠을 잔 것이다.

"흐음… 대체 얼마나 잔 거지?"

꿈도 기억이 나지 못할 정도로 깊은 잠이 들었던 샤렌은 얼마만큼의 시간이 흘렀는지 짐작할 수조차 없었다.

하지만 몸이 날아갈 듯 개운한 것만은 확실했다.

간만의 호사에 만족한 샤렌은 기지개를 한 번 켠 후 침대에서 내려섰다.

벽 한쪽에 걸린 거울이 보였다.

붉은 머리카락, 붉은 눈이 여전하다.

그러나 어딘지 모르게 낯설다. 눈처럼 하얗던 피부가 햇볕에 그을렸기 때문만은 아닌 듯싶었다.

쾅쾅!

노크 소리 같지 않은 노크 소리에 샤렌은 상념에서 벗어났다.

"들어오세요!"

문이 벌컥 열렸다.

문밖에는 열대여섯 남짓은 되어 보이는 소녀가 서 있었다. 검은색 바탕에 화려한 자수가 수놓인 드레스를 입은 소녀였다.

아마도 브리올렛일 터였다.

그녀의 커다란 눈이 귀여운 느낌을 준다는 것은 알고 있었지만, 구릿빛 피부의 말괄량이 소녀가 이토록 예쁘게 생긴 줄은 샤렌으로서도 미처 몰랐다. 제아무리 여자에 대해 일가견이 있는 샤렌이라 할지라도 면갑 뒤에 감춰진 얼굴을 꿰뚫어 볼 수는 없었던 것이다.

상대의 진면목을 보지 못한 것은 샤렌뿐이 아닌 모양이었다. 브리올렛은 안 그래도 큰 눈을 더 크게 뜨며 요란을 떨었다.

"우와! 이렇게 생기셨던 거예요?"

샤렌이 후드를 벗은 모습은 처음 보는 브리올렛이었다.

Rhapsody Of Cardinal

더구나 얼굴을 뒤덮었던 구정물과 먼지도 깨끗이 씻어낸 샤렌이었다. 브리올렛은 이제야 샤렌의 진짜 모습을 보게 된 것이다.

"호오! 꼬마 숙녀 분께서는 이렇게 생기셨던 거군."

"쳇! 새벽 나절에는 정신이 없어 계속 넘어갔지만, 계속해서 그렇게 꼬마, 꼬마 할 거예요?"

브리올렛은 도톰한 입술을 삐죽 내밀었다.

투정을 부리는 그 모습조차 인형 같아 샤렌은 저도 모르게 웃음을 터뜨렸다.

"하하핫!"

할 수만 있다면 주머니 속에 넣고 다니고 싶을 정도로 앙증맞은 표정을 짓는 브리올렛이었던 것이다.

그렇게 엄격한 부친을 두고도 어떻게 브리올렛이 저렇듯 제멋대로인 성격으로 자라났는지 이해가 갔다. 그녀가 무엇을 바라든 이렇게 귀여운 얼굴로 졸라댄다면 주변의 사람들이 여간해서는 거절하기 힘들 것이 분명했다.

"뭐예요? 지금 비웃는 거예요?"

"그럴 리가요! 정말이지 인간들이 사는 세상으로 돌아와 처음으로 만난 숙녀 분이 이렇게나 아름다우니 기뻐 웃음을 터뜨린 거랍니다."

"쳇! 누가 그딴 말에 헤벌쭉할 줄 알아요?"

말은 그렇게 했지만 기분이 나빠 보이진 않았다.

“식사가 준비되었어요. 내려가서 같이 먹어요.”

“저녁?”

잠이 든 지 꽤 오랜 시간이 흘렀을 거라 생각한 샤렌이 물었다.

“점심!”

브리올렛이 피식 웃으며 대답했다.

이어 그녀는 방문 바깥쪽에 대고 말했다.

“가지고 들어와.”

가무잡잡한 피부에 긴 머리카락을 늘어뜨린 여인 두 명이 들어왔다. 가벼운 걸음걸이와 다소곳한 태도로 미루어 교육을 잘 받은 하녀들이 분명했다.

하녀들이 두 손으로 받쳐 든 것은 의복이었다. 두 하녀는 곱게 개어 가져온 상의와 하의를 침대에 놓고 방을 빠져나갔다.

“어떤 취향인지 몰라서 여유있게 사오라고 했어요. 우리 남부의 옷은 키만 대충 맞으면 치수는 중요하지 않으니까 걱정 안 해도 될 거예요. 어쨌든 마음에 들었으면 좋겠네요.”

“뭘 이런 걸……!”

“이 브리올렛의 목숨을 구해주셨는데 이 정도 대접은 당연히 받아야죠.”

어깨를 한 번 으쓱한 브리올렛이 말했다.

“한 벌 골라 입어보세요.”

"지금?"

"아버님이 기다리신다니까요?"

"호오! 이렇게나 아름다운 숙녀 분께서 남자가 옷 갈아입는 걸 지켜보는 데 관심이 있는 줄은 미처 몰랐군요."

"아!"

그제야 샤렌이 무슨 말을 하는지 알아들은 브리올렛이 얼굴을 붉혔다.

"바, 밖에서 기다릴 테니 입고 나오라는 이야기였어요."

빠르게 말을 쏟아낸 브리올렛은 종종 걸음을 옮겨 방문을 나섰다. 문이 닫히며 쾅, 하는 소리가 요란하게 울리는 것으로 미루어 자신의 실수가 꽤나 부끄러웠던 모양이었다.

샤렌은 저런 여동생이 하나 있었으면 하는 심정으로 살짝 미소를 지은 후 침대 위에 놓인 옷 한 벌을 골라 들었다.

대륙 남부의 비단은 예로부터 질이 좋기로 유명했다. 그래선지 침대 위의 옷은 전부가 비단 소재였다. 샤렌이 골라 든 옷도 마찬가지였다.

샤렌은 손으로 옷을 들어 올려 스타일을 확인했다. 품이 넓은 옷을 끈으로 조이는 방식이거나 긴 천으로 덧둘러 매는 방식의 옷이었다. 브리올렛의 말대로 사이즈가 문제될 일은 없어 보였다.

샤렌은 가운을 벗고 먼저 아스카에게서 받은 옷을 입었다. 버클과 끈이 잔뜩 달린 이 옷은 은익의 성휘족 특유의 전투복이었는데, 활동하기에 아주 편했다. 냄새가 배이지 않고, 땀이 차지도 않아 샤렌의 마음에 쏙 들었다. 매끈한 스타일도 제법 괜찮았다.

특히 어지간한 무구로는 흠집 하나 낼 수 없는 갑주의 기능이 포함되어 있어 샤렌은 이 옷을 안에 받쳐 입기로 한 것이다.

성휘족의 전투복은 몸에 착 달라붙고, 남부 특유의 의상은 품이 넓어 두 옷을 겹쳐 입어도 겉으로는 티가 나지 않았다.

옷을 다 입은 샤렌은 힐끗 거울을 봤다.

보랏빛 천으로 지어진 남부 특유의 복식까지 갖춰 입으니 거울 속의 자신이 더 낯설게 보였다.

"얼마나 있어야 진짜 내 모습을 볼 수 있을지……."

샤렌은 고개를 한 번 저은 후 방문을 열었다.

"우와!"

문밖에 서 있던 브리올렛이 기다렸다는 듯이 소리를 질렀다.

"멋져요! 옷이 날개라더니……. 정말 딴 사람 같아요!"

자신의 선물이 흡족하기만 한 브리올렛이었다.

2

"식사는 입에 맞으셨소?"

"정말이지 너무나 맛있었습니다."

실로 오랜만에 음식다운 음식을 먹은 샤렌이었다. 조금만 더 과장을 하자면 둘이 먹다 하나가 죽어도 모를 정도로 맛있 는 식사를 마칠 수 있었다.

"하핫! 그거 다행이군요. 우리 발키리안 사람들은 향신료 를 많이 쓰는 지라 너무 자극적이지 않을까 염려했었는 데……."

"훌륭한 식사였습니다."

말을 주고받는 사이, 하녀들이 테이블에 찻잔을 내오고 향 긋한 차를 따랐다.

막수스는 차를 한 모금 들이켠 다음 조심스레 물었다.

"실례가 안 된다면 샤를로엔님께서는 무슨 일로 이곳 엔살 룸에 오셨는지 여쭤도 되겠소? 딸의 말을 듣자 하니 저 신의 영역을 통과해 오셨다는데… 필시 중요한 일이 있어 이곳에 의 도착을 서두르셨을 터. 부족하나마 은혜를 조금이나 갚고 자 본인이 도울 일이 있었으면 하군요."

굳이 알포네를 넘을 정도라면 시급을 다투는 일이 있었을 거라고 막수스는 짐작한 것이다.

"아! 딱히 급한 일이 있어서 알포네를 넘은 것은 아닙니 다."

남부 지방을 이끄는 지도자 중 한 명인 막수스였다. 그의 앞에서 동행이었던 청염의 성위가 성전 때문에 서둘러서 알포네를 가로질렀다고 말할 수는 없었다.

"하면……?"

샤렌은 식사를 하러 오기 전 이와 같은 질문에 대해 미리 준비해 둔 바가 있었다.

그는 망설이지 않고 대답했다.

"사실은 동행과 함께 알포네의 산자락을 둘러 엔살룸으로 오려 했던 것입니다. 풍광도 즐길 겸해서요. 그러다 홀로 길을 잃었습니다. 조난을 당한 셈이지요."

샤렌은 사실과 살짝 바꿔 말했다. 구에프의 조언이 아니라 해도 막수스 정도의 위치에 있는 사람에게 실없이 보여서 좋을 일은 없는 것이다.

"아! 그렇군요. 친구들의 소식이 궁금하시겠군요."

눈치 빠른 막수스의 말에 샤렌은 고개를 끄덕였다.

"아마도 친구들은 저를 애타게 기다릴 겁니다. 알포네는 위험한 곳이니 걱정도 많이 할 것이고요."

"어허! 그럼 샤를로엔님의 소식을 빨리 친구 분들에게 전해야지요."

"그렇지 않아도 찾아 나서려던 참입니다."

샤렌의 말에 막수스의 표정에 그림자가 드리워졌다.

"아시다시피 최근 엔살룸의 공기가 좋지 않소이다. 표면적으로는 남부인과 북부인이 평화롭게 어우러져 있는 상황이지만, 속내는 완전히 다르지요. 이곳이 성지가 아니라면 벌써 수백, 수천 명이 죽어나갔을 것이오.”

샤렌은 고개를 끄덕이며 동감을 표했다. 성전이 벌어지면 당장 적이 되어 자신의 목에 검을 찔러 넣을지 모르는 자들에게 좋은 감정이 생길 리가 없었다.

“인간들끼리 싸우고 있을 때가 아니거늘…….”

샤렌은 저도 모르게 중얼거렸다. 짧으면 3년 뒤에 저들이 내려올 것이다. 그때를 생각하면 전 대륙이 힘을 합쳐도 모자랄 텐데 남북으로 나뉘어 싸울 준비만 하고 있는 것이다.

“아! 역시 샤를로엔님 역시 그렇게 생각을 하시는군요. 인간들의 헛된 욕심이 이 성지를 더럽히고 있는 셈이지요.”

자신의 말을 듣고 호응하는 막수스를 보며 샤렌은 자신의 말에 대한 다른 부연 설명을 하지 않았다. 지금 당장 그에게 서천의 왕에 대한 이야기를 전할 수는 없었다.

일반 사람들이 모리엔트의 일을 어떻게 받아들일지 잘 아는 샤렌이었다. 그래서 일부러 조난 정도로 둘러댔다. 지난번에 봤던 구에프의 반응이 정상인 것이다.

물론 딸을 구해줬으니 막수스는 구에프와는 다르게 행동할 수 있다. 어쩌면 자신의 말을 진실로 믿어줄 가능성도 없지 않다.

하지만 그뿐일 것이다.

막수스는 남부혈맹 중 하나인 발키리안의 지배자다. 그 정도의 신분을 지닌 자가 행동하고 움직이는 데는 명분과 근거가 필요하다. 누군가의 말 한마디를 듣고 호들갑을 떨 만한 입장이 아닌 것이다.

다시 말해 최소한 막수스가 남부혈맹의 가주들이 모였을 때, 모리엔트에서 벌어진 일을 말할 수 있으려면 자신의 말 이외의 증거가 필요했다.

사실을 증명할 아무것도 없이 누군가의 말만 듣고 모리엔트의 이종족들이 대륙을 정벌하려 한다, 대책을 세우자, 라는 말을 할 수는 없는 것이다.

더구나 자신은 남부혈맹이 앞으로 성전을 통해 엔살룸에서 몰아내야 할 북부인이었다. 그러니 어떤 결과가 벌어질지는 불을 보듯 뻔했다. 서천에서 다가올 재앙은 위기감에 서두른다고 해결될 일이 아니었다.

"네, 안타까운 일입니다."

샤렌은 자신만이 알고 있는 의미를 포함해 중의적인 심정을 표현했다.

"그렇지요. 사정이 그렇다 보니 겉으로 보이는 것과 달리 엔살룸은 기름을 잔뜩 쌓아둔 창고와 같은 형국이 되었소. 누구든 불을 붙이기만 하면……."

막수스는 입술 모양으로 '퍼엉' 소리를 낼 때를 흉내 내며, 구부렸던 손가락을 활짝 펼쳤다. 소리를 내지 않은 그의 목소리가 오히려 큰 소리를 치는 것보다 강한 느낌을 자아냈다.

샤렌은 막수스가 다스리는 영토에서 어떤 지도자인지 알

지 못했지만, 적어도 외교를 통한 정치력에 있어서만은 대단한 능력을 인정받고 있을 거라 짐작했다.

막수스는 자신과의 대화 중 과장되지 않게 '아!' 라는 감탄사를 사용해 연신 동의를 표했다.

뿐만 아니라 자신의 말을 되짚기도, 설명을 덧붙이기까지 했다. 이런 반응을 보여줌으로써 상대와 진지하고 성의있게 대화를 나누고 있다는 인상을 주는 것이다.

이는 샤렌이 여자들과 대화를 할 때 자주 사용하는 방법이었다. 이런 화술을 사용하면 상대의 호감을 불러일으키는 데 효과적이었기 때문이다.

"결국 샤를로엔님이 친구들을 찾기 위해 홀로 엔살룸 거리를 헤매는 것은 안전하다 할 수 없을 겁니다. 물론 샤를로엔님의 무위에 대해서는 이미 들어 알고 있지만, 뛰어난 적은 아군에게 있어서는 눈엣가시일 수밖에 없으니……."

막수스는 말끝을 흐렸다.

하지만 샤렌은 그 뒤에 올 말을 익히 짐작할 수 있었다.

적이 될 가능성이 높은 자가 훗날 자신들의 위험을 초래할 가능성을 내포하고 있다면?

미리 없애는 게 상책일 것이다.

만약 자신이 북부 연합군에 소속이 되어 있다면, 그래서 동료들과 함께라면 남부인들 중 누군가 해할 마음이 있다 해도 손을 쓰기가 쉽지 않을 것이다.

하지만 단신으로 다니는 북부인이라면 이야기가 다르다. 언제든 기회를 노려 없애 버리면 그뿐이었다.

정말로 그런 일이 벌어진다면 자신은 정말 곤란해진다. 최근 하온을 사용해 몸을 빠르게 움직이고, 바위를 으깨고, 폭발을 일으킬 수 있게 되었다.

하지만 그뿐이다. 실제로 누군가와 싸움이 벌어진다면 무엇을 어떻게 해야 할지 전혀 모르는 것이다.

그것은 서천회랑족인 오트라마가 마령을 얻은 것에 다르지 않았다.

막강한 힘과 빠른 속도, 하온의 신비한 힘을 가지고 있다 해도, 제대로 된 무투의 기와 술을 사용할 줄 모르면 실전에서는 도움이 되지 않는 것이다.

모리엔트에서 테오타신은 오트라마가 마령이라는 보구를 가졌기에 더 형편없는 싸움을 한다고 했다. 마령만을 믿고 제대로 된 무투의 기술을 배우지 않았다는 것이다.

하온으로 인해 변화를 겪은 자신의 경우는 조금 달라서 하온을 얻기 전보다는 강해졌다고 볼 수 있다. 그렇다고 해도 기와 술, 그리고 힘을 겸비한 강자들과 맞서 싸울 정도는 아닌 게 분명했다.

지금의 자신에게 있어서 하온의 사용이란 새벽 무렵 브리올렛과 구에프를 도왔던 것처럼, 순간적인 기지와 함께 사용해 도주할 방법이 되어줄 수 있는 하나의 가능성일 뿐이었다.

따라서 샤렌은 막수스가 말한 내용을 그대로 공감하며 동의할 수밖에 없었다. 자신은 막수스가 알고 있는 것보다 형편없는 무력의 소유자인 것이다.

더구나 성전을 위해 대륙 전역의 강자들이 속속들이 모여든 엔살룸이었다. 이곳에서 샤렌이 예기치 못한 위험을 맞이하지 말라는 보장은 어디에도 없었다.

"옳으신 말씀입니다. 폐가 되지 않는다면 막수스 공께 개인적인 부탁을 좀 드리고 싶습니다. 제 친구들을 찾는 것을 도와주십시오."

무엇보다 효율의 문제였다. 혼자서 엔살룸을 뒤지는 것보다 막수스의 수하들이 친구들을 찾는 게 훨씬 빠를 게 분명했다.

한편 샤렌의 말을 들은 막수스는 부드럽게 미소를 지었다. 눈앞 젊은이의 영특한 면모를 확인했기 때문이다.

애초부터 장황하게 말을 늘어놓은 이유가 자신의 영향력을 이용해 샤를로엔이란 젊은이를 돕기 위해서였다. 그렇게 해서라도 딸의 목숨을 구한 은혜를 갚으려는 것이다.

한데 샤렌은 자신이 말을 꺼내들기도 전에 스스로를 낮추며 부탁을 해왔다.

이는 딸에게 베푼 은혜를 내세울 의도가 없다는 뜻이며, 괜한 자존심을 앞세워 고집을 부리지 않는다는 뜻이기도 했다.

아침나절 딸에게 샤렌이 알포네를 통과해 왔다는 황당한

이야기를 들었을 때는 허풍이 심한 자일 수도 있다고 생각했다. 정말로 허풍쟁이에 불과하다면 대충 몇 푼 쥐어주고 친구들에게 돌려보내는 게 좋을 터였다.

하지만 샤렌은 조난을 당했었을 뿐임을 솔직히 밝혔고, 연이어 눈치 빠른 언행을 보였다.

결론은 둘 중 하나였다. 딸이 별거 아닌 일을 과장해 호들갑을 떨었거나, 이 젊은이가 딸의 성화에 못 이겨 재미난 이야기를 꾸며냈을 터였다.

어느 쪽이든 문제는 자신의 딸 쪽에 있을 뿐, 이 북부 청년은 허풍쟁이가 아니었다. 머리도 제법 잘 돌아가고, 대화의 분위기도 읽어내는 것을 보아하니 오히려 제법 인정을 받을 만한 인재라 볼 수 있었다.

막수스에게는, 아니, 자신의 딸을 위해서는 좋은 일이었다. 샤렌이 북부 출신이라는 게 오히려 더 득이 될 수도 있으니까.

"친구 분들의 용모와 이름을 알려주시지요."

"감사합니다."

막수스에게 부탁해 찾을 친구란 드리튼과 이시스였다.

이오나 네이의 경우, 찾는 것은 문제가 아니었다. 그녀는 북부 연합군 측에 있을 게 분명하므로.

다만 그녀를 만나기 위해서는 고민이 필요했다. 연합군 측을 찾아가 청염의 성위를 만나게 해주시오, 라고 해봐야 치도곤을 당하고 쫓겨날 게 뻔한 일인 것이다.

Rhapsody Of Cardval

그렇다고 막수스에게 홀라덴의 성위기사를 만나도록 주선해 달라고 부탁할 수도 없는 일이었다.

한시라도 빨리 이오나를 만나고픈 마음이 없는 것은 아니었으나, 막수스의 말처럼 괜한 분란을 일으키지 않기 위해서라도 조심스레 방법을 찾아야만 했다.

"헤에! 잘됐네요. 아버님이 나서주신다면 샤를로엔님의 친구 분들은 금방 찾을 수 있을 거예요. 그렇죠?"

뭔가 도움이 된다는 게 기쁜 건지, 드디어 자신이 끼어들 틈을 찾아선지 브리올렛이 환하게 웃었다.

"은인의 일이니 최선을 다할 생각이다."

부친이 샤렌의 부탁을 들어주겠다고 공식적으로 선언을 하자 브리올렛은 제 일처럼 좋아했다.

"그럼 샤를로엔님은 친구 분들을 찾는 데 딱히 신경 쓸 필요가 없으니 저와 함께 구경이나 가요. 엔살룸은 처음이라고 했죠?"

브리올렛은 당장이라도 샤렌의 팔을 잡아끌고 바깥으로 나갈 기세였다.

"어허! 방금 전 이곳이 얼마나 위험한지 말하지 않았더냐?"

"그거야 혼자 다닐 때 이야기잖아요. 메르타 가의 전사들과 동행하는데 뭐가 무섭겠어요?"

"쯧쯧. 너를 여기에 데려오는 게 아니었는데……."

　뛰어난 화술과 설득력을 지닌 막수스라 해도 막무가내인 딸을 이겨낼 수는 없는 모양이었다.

　"자, 어서 가요, 샤를로엔님! 제가 엔살룸 구석구석까지 안내해 드릴게요."

　샤렌과 막수스의 대화가 끝나기만을 기다렸다는 듯 어느새 몸을 일으키고 샤렌을 재촉하는 브리올렛이었다.

　샤렌이 브리올렛에게 이끌리듯 식당을 나선 후, 검은 수염을 짧게 기른 중년의 사내가 식당의 옆문으로 들어왔다. 눈빛이 맑고 깊은 사내는 막수스의 앞에 오자 살짝 머리를 숙여 예를 표했다.

　"언제쯤이면 저 청년에 대해 알 수 있겠나?"

　막수스가 나직이 물었다.

　"상황이 상황인만큼, 조금은 시간이 필요할 듯합니다."

　전시를 코앞에 두고 있으니 대륙 북부에서 필요한 정보를 얻어내는 것도 수월치 않았다.

　"어려운 건 이해를 하겠네만 가급적 빨리 알아보는 게 좋겠네."

　"브리올렛님의 일이니 한 치의 소홀함도 없을 것입니다."

　수염의 사내는 당연하다는 듯 말했다.

　막수스는 고개를 끄덕였다.

　"귀족가나 부유한 가문을 중심으로 알아보는 게 빠를 거야. 그의 기품있는 태도는 하루 이틀 본다고 해서 흉내 낼 수 있는 게 아니거든."

"알겠습니다."

사내가 고개를 숙이자 막수스는 손을 들어 보였다. 사내는 고개를 숙인 채 뒷걸음질을 쳐 물러났다.

막수스는 브리올렛과 샤렌이 나선 쪽을 바라보며 두 손을 모아 이마에 가져다 댔다.

이어 그의 입에서 뜻 모를 소리가 흘러나왔다.

"하필 저 맑디맑은 아이에게……!"

딸을 생각하는 막수스의 짙은 갈색 눈이 더없이 깊어져만 갔다.

3

오후의 엔살룸 거리는 새벽과는 그 분위기가 너무나 달랐다.

텅 비었던 거리는 사람들로 꽉 차 있었고, 쥐 죽은 듯 고요했던 엔살룸은 온갖 소음으로 넘실거렸다.

크샤트린에서조차 이렇게 많은 사람들이 한데 모여 있는 것을 보지 못했기에 열기로 가득 찬 거리는 혼란스럽게까지 느껴졌다.

어쩌면 한동안 사람을 보지 못했던 샤렌이기에 더욱 그럴지도 몰랐다.

샤렌의 그런 속내를 짐작한 듯 브리올렛이 말했다.

"원래부터 붐비는 성지지만 이 정도까지는 아니래요."

"흠……! 곧 전쟁이 벌어질지도 모르는 위험한 곳에 왜 이렇게 많은 사람들이 몰려든 거죠?"

"곧 전쟁이 벌어질지도 모르니까요. 저 많은 사람들 중 절반 정도는 순례를 위해서가 아니라 거래를 위해서 엔살룸에 온 거래요."

"아하!"

샤렌은 금세 브리올렛의 말을 알아들었다. 성전 발발은 곧 남북 교역의 중단을 의미했다.

전쟁이 얼마나 지속될지는 아무도 모르는 상황.

교역이 중단되기 전 구해놓은 물건은 시간이 흐를수록 귀해지기 마련인 것이다. 반짝이는 황금은 언제나 인간들에게 위험을 무릅쓸 동기가 되어주는 법이었다.

"친구들을 찾는 일… 가주께 부탁드리길 잘한 것 같네요. 나 혼자 이 많은 사람들 중에서 친구들을 찾아내는 건 불가능할 테니까요."

"헤헷! 오래 걸리지 않을 거예요. 아버님은 못하시는 게 없거든요."

브리올렛의 귀여운 얼굴에 자부심이 넘쳐흘렀다. 그녀의 표정에 자부심은 부친의 권세에 대한 것만이 아님을 샤렌은 알 수 있었다. 브리올렛은 진심으로 그녀의 부친이 가진 능력을 인정하고 신뢰하고 있는 것이다.

그녀보다 어린 시절…….

자신도 그와 같은 마음을 가졌었기에 샤렌은 브리올렛의 진심을 느낄 수 있었다.

"훌륭하신 분이더군요."

"당연하죠! 누구 아버님이신데!"

브리올렛은 제가 말하고도 조금은 쑥스러운지 혀를 날름 내밀었다가 도로 넣었다.

"자, 자! 이렇게 여유를 부리다간 엔살룸의 명소를 둘러보는 데 한 달도 더 걸리겠어요. 서두르자고요."

브리올렛은 두 주먹을 불끈 쥐며 말했다. 민망한 분위기를 다른 쪽으로 돌리려 애쓰는 것이다. 훤히 들여다보이는 속내로 인해 더 귀여운 브리올렛이었다.

그때였다.

"어머! 이게 누구야?"

어디선가 들려오는 목소리가 있었다.

샤렌과 브리올렛의 시선이 소리의 진원지로 향했다.

무장을 갖춘 한 무리의 사내들 사이에 서 있는 소녀가 보였다. 소녀를 둘러싼 엄중한 호위는 브리올렛의 그것에 못지않으니 아마도 귀한 신분이리라.

무엇보다 어린 나이에도 고고함이 절로 흐르는 예쁜 얼굴이 일반 사람들과는 확연히 구분되게 했다.

"정말 오랜만이네, 브리올렛!"

우르르 쫓아오는 호위병들을 뒤로한 채 소녀가 브리올렛에게 인사를 건넸다.

"오랜만이야, 미르안."

각각의 호위병들로 인해 두드러지는 소녀들은 그 미모 역시 뛰어나 사람들의 시선을 절로 잡아끌었다.

"저기 좀 봐! 메르타 가의 아가씨야!"

"호오! 그 앞에 계신 분은 올가 가의 아가씨인걸!"

두 소녀의 얼굴을 알아본 남부인들이 여기저기서 수군댔다.

'흐음?

유명한 가문의 영애들을 구경하는 군중과 달리 샤렌은 두 소녀 사이에 흐르는 냉기에 고개를 갸웃거렸다. 두 소녀 모두가 입술을 당겨 웃고는 있지만 눈은 그렇지 않았다. 즉, 거짓 웃음을 짓고 있을 뿐이라는 뜻이었다.

'경쟁 관계인 건가?

샤렌은 피식 미소를 지었다. 저 또래의 아이들이라면 비슷한 나이의 또래와 사이가 좋지 않은 경우가 드문 일이 아니었다. 자신 역시 가스란과 그랬듯이.

"여전히 예쁘네, 미르안!"

"너도 그래, 브리올렛!"

진심이라고는 눈곱만큼도 담기지 않은 칭찬이 오고 갔다.

이후 선공을 펼친 것은 브리올렛이었다.

"그 키도 여전하고 말이야."

미르안의 키는 브리올렛의 눈썹 정도밖에 이르지 않았다.

파르르.

미르안의 속눈썹 끝이 떨렸다. 안 그래도 작은 키가 마음의 응어리로 자리 잡은 미르안이었던 것이다.

미르안은 딱딱한 웃음을 흘린 다음 말했다.

"키가 작은 건 타고나는 건가 봐. 네 교양이 성숙해지지 않는 것처럼 말이야."

"아. 하. 핫!"

"호. 호. 호!"

그야말로 웃으며 상대방에게 비수를 꽂는 두 소녀들이었다.

'역시 여자들이 더 살벌하다니까.'

남자들이 주먹을 쥐고 싸우는 것보다 이쪽이 훨씬 무섭다고 생각하는 샤렌이었다.

그 순간, 가면을 쓴 듯 표정을 굳히고 웃음소리만을 흘리던 두 소녀의 웃음이 마치 약속이나 한 듯 동시에 거짓말처럼 그쳤다.

'저 정도면 오히려 호흡이 잘 맞는다고 해야 하지 않을까?

샤렌은 피식 웃으며 생각했다. 두 소녀의 살벌한 말싸움조차 샤렌에게 있어서는 오랜만의 평온이었던 것이다.

"그럼 다음에 보지, 브리올렛."

"잘 가, 미르안."

찬바람이 횡횡 부는 두 소녀의 짧은 만남은 그렇게 끝이 났다. 서로가 서로를 스쳐 지나가 뒤도 돌아보지 않았다.

"흥! 여우 같은 계집애!"

브리올렛은 뭐가 그리 분한지 이까지 갈아댔다.

만약 샤렌이 브리올렛을 여자로 대할 마음이 있었다면 이쯤에서 브리올렛의 편을 들어줬을 것이다. 여자가 화가 났을 때는 논리적인 판단으로 잘잘못을 따지는 것보다 무조건 편을 들어주는 게 좋다는 것을 알기 때문이었다.

하지만 이제 열여섯에 불과한 브리올렛에게 평소 사용하던 작업(?)의 기술을 사용할 수는 없는 터.

샤렌은 그저 웃음을 지어 보이고 말았다.

Chapter 14

Rhapsody Of Cardinal

1

"**나**쁜 새끼!"

"……."

"잘난 척하고 우릴 떠날 때부터 내가 알아봤어."

"이제 욕은 그만 할 때도 되지 않았냐?"

"그만 하긴 뭘 그만 해! 녀석이 한 짓이 고작 며칠 동안 욕 먹고 끝날 일이냐!"

"취했다, 너!"

"취해야지. 당연히 취해야지! 이럴 때 안 취하면 언제 취하겠냐?"

"그러다 너도 죽겠다."

"흐흐흐흐……! 그것도 좋네. 녀석은 여자 때문에 죽고, 난 술 때문에 죽고! 그럼 넌 뭐 때문에 죽을래?"

"안 죽을래."

"왜? 오호라! 이 치사한 곰탱이, 너 혼자만 살겠다 이거냐? 친구가 죽었는데 너 혼자 살맛이 나냐? 그래? 맛이 나?"

"맛으로 살 생각 없어."

"그럼 멋으로 사냐?"

"말장난할 때냐?"

"이 빌어먹을 성지에서는 장난하는 시간도 따로 정해져 있냐?"

"차라리 말장난해라. 네 녀석 혓바닥 때문에 남북부 사람 모두 몰려와 우릴 죽이겠다."

"싫어. 안 해!"

"말장난 안 하면? 또 울려고?"

"또라니? 내가 언제 울었다고?"

"너 눈 아직도 빨개."

"술 마셔서 그래."

"눈두덩도 부었어."

"……."

"……."

"어라?"

"……."

“아무래도 나 그만 자야겠다.”

“왜?”

“곰탱이, 네놈 말대로 내가 많이 취했나 보다.”

“진짜 죽을 때가 온 거냐? 네가 네 입으로 취했다는 말을 다 하다니…….”

“젠장! 헛것이 다 보인다.”

“헛것?”

“방금 전에 남부 놈들이 저 아래 길가로 지나갔는데 말이야. 어떤 꼬마 계집애 하나를 호위하면서 말이야.”

“말 좀 조심하라니까! 여하튼 남부 사람들을 봤는데, 뭐?”

“호위하는 놈들 중 하나의 머리카락이 빨개 보인다.”

“……!”

“위에서 내려다봐서 잘 모르겠지만 얼핏 눈도 빨개 보였어.”

“남부 사람 중에도 빨간 머리카락, 빨간 눈을 가진 사람이 있대냐?”

“없지. 북부에서도 그놈처럼 새빨간 머리카락은 없었으니까.”

“그걸 알면 아직 취한 건 아니네.”

“알면서도 헛게 보이니 취한 게 맞지.”

“…….”

“…….”

“나도 봤으면 좋겠다.”

“뭘?”

“헛거라도 좋으니 마지막이라도 한 번 녀석을 봤으면 좋겠다고.”

“나처럼 술 왕창 마셔. 또 아냐?”

“그래! 마셔서 볼 수 있다면 마셔야지. 어제도, 그제도 마셨는데 오늘이라고 못 마실 이유가 없으니까. 마시자, 마셔!”

2

쾅!

내려친 주먹의 힘에 탁자가 몸서리를 쳤다.

“언제까지 이렇게 기다리기만 할 건가요?”

날카로운 목소리가 탁자를 내려친 소리에 이어 회의장을 뒤흔들었다.

노기 가득한 목소리 때문인지, 아니면 소리를 지른 사람의 기세 때문인지 선뜻 대답을 하는 이가 없었다.

잠시의 시간 후에야 누군가 용기를 낸 듯 말을 꺼냈다.

“저쪽에서 도발을 받아들이질 않으니 우리로서도 별수 없는 일이지 않소?”

“그놈의 명분, 명분! 똑똑하신 분들이니 놈들을 싹 쓸어버린 다음 명분을 갖다 붙이면 될 일 아닌가요?”

“말씀이 너무… 지나치신 것 아니오, 네이 경?”

한 명이 조심스레 말을 꺼내들자, 기다렸다는 듯이 다른 한 명이 말을 받았다.

"그렇소. 아무리 성위기사라 할지라도 이곳은 연합국의 사령본부인데⋯⋯."

머리가 벗겨진 노인은 말을 채 끝내지 못했다. 이글이글 타오르는 이오나의 눈이 자신을 향해 있음을 느꼈기 때문이다. 당장이라도 그녀가 성검 세야를 뽑아 들고 덤벼들 것만 같았다.

자리가 자리인만큼 주위의 눈을 의식하지 않을 수 없었으나, 상대는 청염의 성위 이오나 네이였다. 교황조차 다루기 버거워한다는 그녀인 것이다. 한마디만 더 했다가 더 큰 봉변을 당할까 걱정이 들 수밖에 없었다.

노인은 이러지도 저러지도 못한 채 머쓱한 표정만을 짓고 있었다.

그런 대머리 노인을 구해준 것은 검공이었다.

"자, 자! 네이 경, 진정하시게."

테오타신은 자리에서 일어나 이오나의 어깨를 두드리며 달랬다.

"잠깐 나가서 찬바람 좀 쐬고 오자고."

"⋯⋯."

"이 늙은이가 할 이야기도 있고 하니, 나가세."

테오타신은 억지로 이오나를 잡아끌어 사령본부 밖으로

데리고 나왔다.

바깥쪽으로 나오니 바람이 불었다. 시원한 바람이었다.

잠시 바람을 느끼던 테오타신이 이오나에게 말했다.

"네이 경이 전쟁을 그토록 서두르는 건 샤렌, 그 친구 때문이겠지?"

"어서 성전을 마쳐야 복수를 할 수 있으니까요."

이오나는 자신의 속내를 감출 마음이 없었다.

"네이 경의 심정은 이해하네만 오늘은 좀 지나쳤네. 어쨌거나 각국을 대표하는 노친네들이 아닌가?"

"흥! 탁상 위에 앉아 정치놀이만 하는 놈들의 눈치를 볼 필요가 있나요? 막상 전쟁이 벌어지면 뒤로 물러나 소리만 질러대기 바쁠 늙은이들인데?"

사령본부라 해도 성전 시작 전이라 구성원들의 정치색이 짙었다. 전쟁이 발발하면 각국의 장수들이 지금 사령본부에 앉아 있는 정치가들을 대신하게 되는 것이다.

"자네가 서두르지 않아도 어차피 성전의 시작은 머지않았네."

"그 소리는 제가 알포네를 넘기 전에도 들었어요. 이렇게까지 질질 끌게 될 걸 미리 알았다면……!"

"무리해서 알포네를 넘지도 않았을 것이고, 샤렌도 죽지 않았겠지."

차마 말을 끝내지 못하는 이오나를 테오타신이 대신했다.

"하지만 이번에는 다르네."

"무슨 말을 들으신 거죠?"

"황제가 이리로 오고 있다더군."

"황제? 트라시아의?"

테오타신이 고개를 끄덕였다.

"그가 전선에 도착하면 성전의 시작은 시간문제겠지."

테오타신의 말에 이오나의 검은 눈이 흑진주처럼 반짝였다.

"이번에야말로 저 쓸모없는 늙은이들도 몸을 사리지 못하겠군요."

"흠, 흠! 그렇겠지."

테오타신은 시선을 멀리하며 헛기침을 했다. 이오나가 자꾸 늙은이, 늙은이 하니까 왠지 찔리는 마음이 들었다.

밖에 나와 있는 게 천만다행이었다. 적어도 이오나가 말하는 쓸모없는 늙은이 중에 자신이 포함되지는 않았던 것이다.

"어라?"

의미없이 시선을 멀리 두었던 테오타신이 두 눈을 깜빡거렸다.

"왜요?"

"허참! 스스로 늙은이, 늙은이 하고 읊어댔더니 이젠 정말 늙었나 보구먼."

"갑자기 그게 무슨……?"

"아, 방금 전 저쪽 거리에서 요상한 남부인을 본 거 같아서 말이지."

"요상한 남부인이요?"

"머리가 새빨간 남부인이라니! 벌써 노망기가 오는 건가?"

스스로 생각해도 말이 안 된다는 듯 테오타신은 고개를 흔들었다.

"죄책감 때문이겠죠."

정색을 하며 이오나가 말했다.

"응?"

"아시잖아요. 당시 슈바른 대공께서 제대로 힘을 써주셨다면 그는 죽지 않았을 수도 있었다는 걸."

"후우……!"

이오나의 말이 틀리지 않았기에 테오타신은 한숨을 쉬었다.

"내 나름대로 보상을 할 생각이네."

"그는 이미 죽었어요."

"황제가 제국을 떠나면 특무대도 움직이지."

이오나는 그제야 테오타신이 말하는 바를 이해했다.

"샤렌의 형도 이쪽으로 오겠군요."

"힘이 닿는 대로 그를 보살필 작정이네. 적어도 그 녀석 가문의 대가 끊길 일은 없도록 해야 할 테니."

"……"

"전쟁이 끝나면… 자네와 함께 알포네에 오를 걸세. 그의 복수를 도와야지."

Rhapsody Of Cardival

"평소답지 않은 발언이시네요."

"천하의 네이 경을 억지로 끌고 내려왔으니, 다시 모셔다 드리는 건 당연한 일이 아니겠나?"

이오나가 자신의 진심을 몰라줘 섭섭하다는 듯 테오타신이 씁쓸한 웃음을 흘렸다.

"모리엔트에서 벌어지고 있는 수상한 일들을 조사하기 위해서겠죠. 애초 왕이니 뭐니 하는 게 없던 곳이라면서요?"

"아하하핫! 기왕 올라간 김에 그것도 좀 알아보면 일석이조가 아니겠나? 하지만 분명히 주목적은 복수일세, 복수! 조사는 부수적인 거고 말이지."

3

샤렌이 메르타 가의 엔살룸 숙소에 머문 지 사흘이 지난 아침.

쾅쾅쾅.

여느 때처럼 샤렌이 머무는 방문에서 요란한 소리가 울렸다.

거칠기 짝이 없는 노크 소리에 세안을 하고 막 옷을 입은 샤렌이 말했다.

"들어오세요, 숙녀 분."

문이 열리고 브리올렛이 고개를 쏙 내밀었다.

“헤에! 혹시 날 기다린 건가요, 샤렌? 노크 소리만 듣고 나라고 생각하게?”

이제는 친근하게 샤렌이란 애칭을 부르는 브리올렛이었다.

“난폭하게 문을 두들기는 것을 노크라고 생각하는 사람은 브리올렛이라는 숙녀 분밖에 안 계시니 쉽게 알 수 있었던 거지요.”

“치!”

브리올렛이 한 차례 바람 빠지는 소리를 낸 다음 말했다.

“오늘은 우리 숙소에서 놀아요.”

“아하! 연일 외출이 힘들었나 보군요.”

“아뇨, 그게 아니라, 오늘은 아버님이 중요한 문제로 회의에 참석하신 대요.”

“회의? 혈맹의 회의를 말하는 건가요?”

“맞아요. 트라시아 제국의 황제가 이쪽으로 오고 있다나 봐요.”

‘황제가?

트라시아의 황제가 아무런 이유도 없이 곧 전선이 될 곳으로 향할 리가 없었다. 남부혈맹에서 회의가 열리는 게 이해가 갔다.

“어쨌거나 혈맹 회의가 벌어지면 며칠씩 걸리곤 하니까, 당분간 이곳은 내 세상이나 다름없어요.”

브리올렛은 기분이 몹시 좋은 모양이었다.

"그러니까 오늘 우리 파티를 열자고요."

"파티?"

크샤트린에 있을 때는 온갖 파티란 파티에 다 쫓아다니던 샤렌이었다.

하지만 지금의 샤렌에게 있어서는 파티란 단어가 마치 다른 세상의 말처럼 낯설게만 느껴졌다.

"그래요. 상황이 상황이니만큼 거창하게 벌일 수는 없겠지만, 마침 제가 아는 사람들이 엔살룸에 꽤 모여 있으니까 샤렌님께 소개시켜 드릴게요. 우리 조촐하게 한 번 놀아보자고요."

격앙된 목소리로 미루어 얼마나 조촐할지 의심이 들었다.

"숙녀 분의 친구들이 북부인인 제가 파티에 참석하는 걸 달가워할까요?"

"흥! 싫으면 오지 말라고 하죠 뭐! 샤렌님은 내 은인이니까 샤렌님을 싫어하는 사람은 나도 싫어해 줄 거예요."

"괜히 그럴 필요는 없어요."

"아니에요. 누군 북쪽에서 태어나고 싶어서 태어났겠어요? 자기가 남북을 골라서 태어난 것도 아닌데, 그것만으로 내 은인을 이러네 저러네 하는 꼴은 못 봐요."

"하하하! 브리올렛님은 숙녀라기보다는 여장부에 가깝네요."

"그거 칭찬인 거죠?"

커다란 눈을 가늘게 뜨고 브리올렛이 물었다.

“당연히 칭찬이죠.”

샤렌은 재빨리 입가의 미소를 지우고 말했다. 천진난만하고 귀여운 브리올렛의 장단에 맞춰주기 위해서였다.

“뭐, 본인이 그렇다니 제 성격이 호방하다는 칭찬으로 받아들여 주겠어요.”

브리올렛은 짐짓 도도한 척 말했다.

그 모습이 너무나 깜찍해 샤렌은 또 한 번 웃음을 터뜨렸다.

“하하핫!”

브리올렛과 지내는 며칠 사이 샤렌은 부쩍 웃음이 많아졌다.

이는 브리올렛이 여자가 아닌 소녀이기에 가능한 일이었다. 굳이 마음을 얻으려고 하지 않고, 떠나보내려고도 하지 않으니 마음 가는 대로 편한 웃음을 지을 수 있는 것이다.

4

브리올렛은 샤렌의 예상에서 크게 빗나가지 않았다. 막수스가 숙소를 나서자마자 저택을 발칵 뒤집어엎었다.

청소를 시키고, 장식을 하게 하고, 음식을 재촉했다. 시녀와 시종들은 말 그대로 발바닥에 불이 나도록 뛰어다녔다.

그럼에도 브리올렛은 종달새처럼 잠시도 쉬지 않고 재잘댔다.

아침식사 후부터 시작된 파티 준비는 오후 늦게 되어서야 끝이 났다.

　물론 끝이 난 건 파티 준비에 국한되어서였다. 브리올렛의 준비는 아직 끝난 게 아니었다. 머리를 장식하고 드레스를 고르고, 액세서리를 갖추는 데는 근 3시간이 소요되었다.

　그녀의 성화에 못 이겨 샤렌도 몇 번이나 옷을 갈아입어야 했다. 색깔도 괜찮고 스타일도 산다면서도 계속 고개를 갸웃거렸던 것이다.

　"아! 이제야 뭐가 부족한지 알겠네요."

　브리올렛이 손뼉을 쳤다.

　"무구! 무구가 없어서 그래요. 남자의 완성은 바로 무구에 있는데, 그게 빠졌으니 계속 허전하게 보였던 거죠."

　브리올렛은 답을 찾은 것에 기뻐하며 일단 아버님의 검을 빌려주겠다고 했다.

　"제게도 무구가 있긴 해요."

　"에? 그래요?"

　"하지만 장식용으로는 적합지 않겠네요."

　"왜요? 값이 싼 무구인가요?"

　"그게 아니라… 집이 없어요."

　브리올렛은 두 눈을 빛냈다.

　"값이 싼 무구도 아닌데 집이 없다고요?"

　그녀는 이해할 수 없다는 표정을 지었다가 샤렌에게 말했다.

　"일단 그 무구를 보여주세요."

샤렌은 방 한쪽에 놓아두었던 마령을 가져왔다.

천을 풀자 한쪽에만 날이 있는 특유의 모습을 드러났다.

"우와!"

요요로운 적광이 흐르는 마령의 자태를 확인한 브리올렛은 환호했다.

"한쪽에만 날이 있는 검이라니! 이런 건 처음 봐요."

"검이 아니라 도라는 거예요."

"도?"

"네. 이 녀석의 이름은 마령이라고 하지요."

"마령! 빛이 나는 모양이 꼭 보석으로 만든 것 같은데 이름은 무시무시하네요."

듣기만 해도 무섭다는 듯 브리올렛은 한차례 몸을 떨었다. 그러면서도 마령에게서 시선을 떼지 않았다.

"지옥에서 나왔다고 하더니 거기서 가지고 나왔나 보죠?"

브리올렛은 농담처럼 말했지만, 그 말은 틀리지 않았다. 샤렌에게 있어 알포네는 지옥이나 다름없는 곳이었고, 마령은 그곳에서 가져온 게 맞는 것이다.

브리올렛은 침대 위에 놓인 마령 쪽으로 허리를 숙였다. 보다 가까이에서 마령을 살펴려는 것이다.

"와! 손잡이의 섬세한 세공 좀 봐! 면에는 흠집 하나도 없네? 대체 마령의 재질이 뭐예요?"

브리올렛이 샤렌을 돌아보며 묻자 샤렌은 어깨를 으쓱해

모른다는 표현을 했다.

"흠! 참 무심한 주인이네요. 자신의 애병이 뭐로 만들어졌는지도 모르다니. 게다가 이렇게 멋진 녀석을 천으로 싸고 다니고! 마령이 그동안 얼마나 답답했겠어요?"

샤렌은 마치 마령이 살아 있는 것처럼 말을 하는 브리올렛이 귀여워 웃음을 터뜨렸다.

"하핫! 도집이 없으니 어쩔 수 없었어요."

"흠……. 합금인 건가? 대체 뭐와 뭘 섞으면 이런 색을 내는 거지?"

브리올렛은 고운 미간을 찌푸렸다.

"모양새가 떨어지는 무구였다면 아버님이 소장하고 계신 검 중에서 하나를 골라 빌려 드리려 했는데, 이건 생각보다 엄청나군요."

브리올렛은 무구에 대해 잘 아는 듯 마령을 보며 연신 감탄을 했다.

"아버님의 청풍(淸風)이라 해도 이 마령보다 낫다고 할 수 없겠네요. 그리고 청풍은 아버님이 가지고 가셨는데, 이걸 어쩌나?"

"그냥 아무 검이나 차면 되지 않을까요? 어차피 파티에서 무구를 사용할 것도 아닌데."

"안 돼요! 이렇게 훌륭한 무구를 내버려 두고 왜 그보다 못한 무구를 찬다는 거예요?"

브리올렛은 당치않다는 표정을 지었다.

"브리올렛님만 특별한 건가요, 아니면 남부의 숙녀 분들은 전부 무구에 대해 해박한 건가요?"

"남부의 여자라고 다 그런 건 아니죠. 전 무가(武家)의 후손이잖아요."

브리올렛이 가문에 대해 이야기를 할 때면 언제나 자부심이 가득했었다.

한데 지금은 달랐다. 어딘지 모르게 슬픈 기색이 엿보였다.

'무슨 사연이 있나 보군.'

샤렌이 브리올렛에 대해 생각할 때, 그녀는 갑자기 손뼉을 치며 기뻐하기 시작했다.

"맞아! 그 방법이 있었지!"

"……?"

"잠시만 기다려요."

신이 난 표정의 브리올렛은 곧바로 방을 뛰어나갔다.

『카디날 랩소디』 4권에 계속…

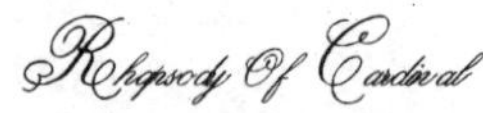